民国首版文学经典

石门集

朱 湘 著

上海科学技术文献出版社
Shanghai Scientific and Technological Literature Press

图书在版编目（CIP）数据

石门集 / 朱湘著．—上海：上海科学技术文献出版社，2014.5

（民国首版文学经典丛书）

ISBN 978-7-5439-6177-7

Ⅰ．①石… Ⅱ．①朱… Ⅲ．①诗集—中国—现代 Ⅳ．①I226

中国版本图书馆 CIP 数据核字（2014）第 030314 号

责任编辑：张　树　于玲玲
封面设计：周　婧

石　门　集
朱　湘　著
出版发行：上海科学技术文献出版社
地　　址：上海市长乐路 746 号
邮政编码：200040
经　　销：全国新华书店
印　　刷：上海中华商务联合印刷有限公司
开　　本：850×1168　1/32
印　　张：6.625
版　　次：2014 年 5 月第 1 版　2014 年 11 月第 2 次印刷
书　　号：ISBN 978-7-5439-6177-7
定　　价：38.00 元
http://www.sstlp.com

出版説明

民國時期雖只有短短三十幾年，却在中國歷史上擁有極重要的地位。隨着地理封閉格局的打破，社會制度的轉型，思想束縛的解放，社會的文化和學術也開始了古今中西新舊融合創新的歷史過程，迎來一個百家争勝、异彩紛呈的局面，直接表現便是名家輩出、佳作迭現，且其視野之開闊、學識之淵博、影響之深遠，爲前代所不及，亦爲後人所難達。

有鑒于此，我們從民國時期的經典著作中精選一批，以“民國首版經典叢書”之名將其影印出版。第一輯共收羅了三十四種著作，合三十册，分爲“學術”和“文學”兩部分。其中，“民國首版學術經典”包括梁啓超《清代學術概論》、舒新城編《近代中國留學史》、王孝通《中國商業史》、胡樸安《中國文字學史》、李長傅《中國殖民史》、姚名達《中國目録學史》、吕思勉《歷史研究法》與《中國文字變遷考》（合一册）、胡適《五十年來中國之文學》與劉師培《論文雜記》（合一册）、吕思勉《理學綱要》、吕思勉《白話本國史》、柳亞子等編《蘇曼殊年譜及其他》、顧頡剛編著《妙峰山》等。

這些出自名家之手的著作，或爲開一代風氣的創新之作，如舒新城的《近代中國留學史》，是近代第一部研究留學問題的專著，奠定了留學史研究的根基，也是研究有關中國留學歷史的必讀書目之一；如吕思勉的《白話本國史》，既是他的成名作，也是中國歷史上第一部用白話文寫成的中國通史；或爲總結先賢、啓發後來的集大成之作，如梁啓超的《清代學術概論》，這是一部闡述清代學術思潮源頭及其流變的經典著作，也是梁啓超的代表性作品之一，將清代學術從時代思潮的角度劃分爲四個時期，并對每個時期作了簡要而中肯的評介，精辟分析了各個時期及其代表人物的成就與不足，一經問世即受到讀者歡迎，并成爲一代又一代青年學子的入門必讀書；再如胡適的《五十年來中國之文學》，從古文的末路、古文學的新變、白話小説的發達及缺點、文學革命這幾個方面再現這五十年的文學，在傳承舊學的同時更開新路，爲文學變革鋪墊、利導。

“民國首版文學經典”則包括黎錦暉編《留歐外史（第一集上編）》、朱湘《石門集》、邱東平《火灾》、王實味《休息》與歐陽山等《給予者》（合一册）、徐志摩《徐志摩選集》、邱東平《第七連》、蕭紅《生死場》、張資平《紅霧》、張資平《飛絮》、陳夢家編《新月詩選》、徐志摩《雲游》與《志摩的詩》（合一册）、弘一大師紀念會編《弘一大師永懷録》、葉靈鳳《紅的天使》、朱自清等《我們的六月》、《魯迅傑作選》、郁達夫《迷羊》、胡適《胡適留學日記》、葉靈鳳《未完的懺悔録》等。

文學爲人民群衆喜聞樂見之事，其影響既遠且廣。叢書中所收，不乏當時的“暢銷書”，如蕭紅的《生死場》，甫一出版便轟動當時文壇；如張資平創作的言情小説《紅霧》、《飛絮》等，一版再版，暢銷多年；同時還有不少品種是現今流傳較少，甚至是建國後第一次影印出版的，如弘一大師紀念會所編《弘一大師永懷録》，該書于大師圓寂一周年時出版，當時僅印發一千册；如黎錦暉編《留歐外史（第一輯上編）》，一九二八年首版發行，建國後一直没有再版，已很難找到。

綜上，“民國首版經典叢書”内容包羅萬象，涵蓋詩歌、小説、散文、紀實文學、史學研究、理學、文學研究等方方面面，所選皆出自名家、大家之手，或爲各學科奠基之作，或爲集大成之經典，或爲震動當時、影響深遠的傳誦之作，其中不乏流傳很少、極難覓尋的孤本，我們苦心孤詣，找尋到這些經典著作的初版本，原版影印，精裝制作，以饗讀者。

編　者

二零一四年二月

朱湘著

石門集

文學研究會叢書

商務印書館發行

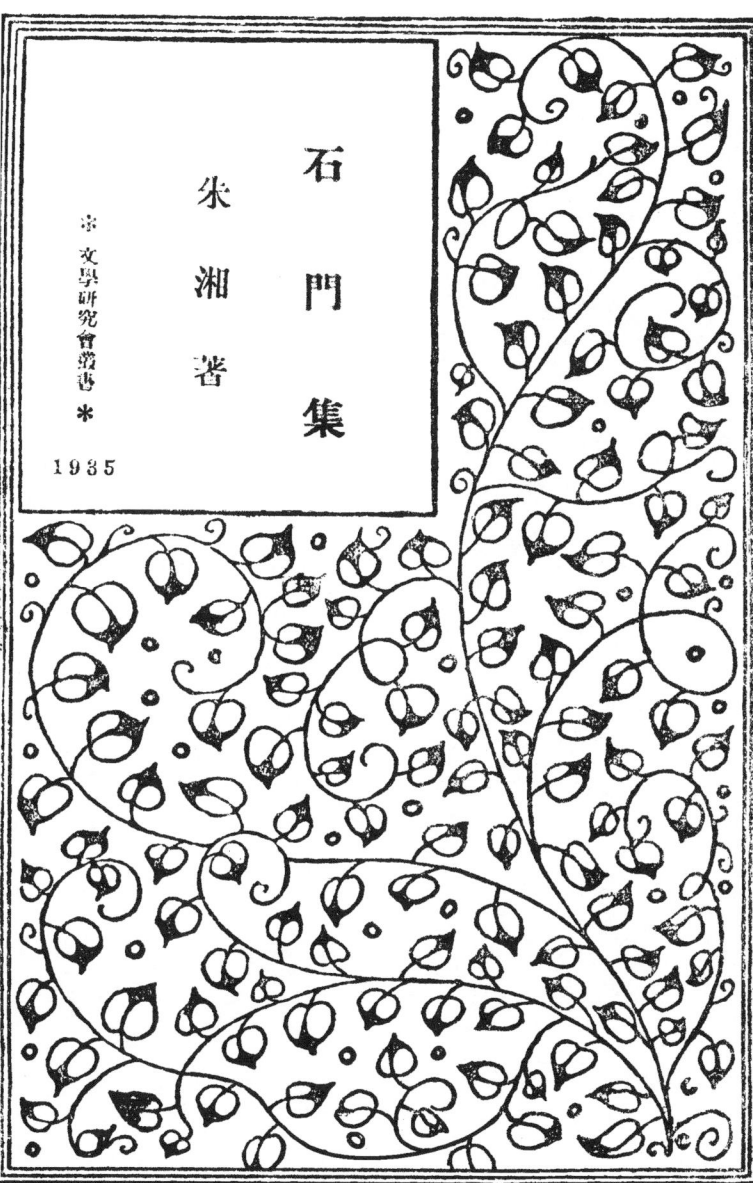

石門集

朱湘著

文學研究會叢書
1935

目次

第一編

第二編

第三編

第四編

第五編

第一编

人生

是一張「費曉樓」；
那佳美．
面對面的．
凝望着你．
凝望着五情在你的心上
波動．有如那衣褶．
節奏的．
有如那樓頭的楊柳。
以外形她饜飫了凡庸；

點慧
筆鋒舔過心上似的．
也回去了……
他偸去了畫師的意境……
她微笑，
譏蔑而輕鬆的
爲的不曾受窘於來者
向她要實質．

那唯有「一」知道的.
運她自己都疑問的物件。

向了楊柳她說:
「明智的是那來者.
不是爲的看我.

看你;
他來了——
看那在心頭波動起的五情。」

楊柳應該知道
毛延壽的「昭君」說了些什麼……

花與鳥

她
美麗如一朶春花;
我
熱烈如太陽的火——
任隨我仔細端詳.
並不萎黃;
愈久.
愈久她愈是芬芳。

圓.
她的眼珠像彈丸;
鳥.
我的心應弦而倒——
我情願捨了天空.
偎着小籠.
長懸在花氣之中。

歌

誰見過黃瘦的花
　纍纍結成碩果？
池沼中只有魚蝦．
　不是藏蛟之所。
人不會有過青春．
　像花開．不盛．
　像水長．不深．
不要想豐富的秋分！

太陽射下了金光．
　照着花開滿地；
春雨灑上了新秧．
　田中一片綠意。
培養生命要愛情；
　它比水還潤．
　比日光還温．
沾着它的無不茂生。

哭城

內戰事實

他想爬上城樓．向了四方
瞧瞧可有生路能够逃亡．
但是他的四肢十分疲弱——！
長城！他不如鳥雀在蒼蒼
　還能自在的飛翔。
他的身邊已經沒有餘糧；
餓得緊時便拏黃土塡腸——
那有樹皮吃的還算洪福——

長城！不要看他大腹郎當．
　看他的面瘦肌黃！
無邊的原野上烤着炎陽．
沒有一團樹影能夠遮藏；
等太陽在你的西頭落下．
長城！那北風接着又猖狂，
　連你都無法隄防。

築城的人已經辛苦備嘗．
築城人的子孫又在遭殃……
你看罷．等我們一齊死盡．
長城！那時候你獨立邊疆．
　看誰來陪伴淒涼！

如今你看不見李廣搖纓．
看不見哥舒的旗旆飄揚——
與其後來看見胡人入塞．
長城！你還不如倒下山岡．
　連我也葬在中央……

死之勝利

為楊子惠作

死神端坐在檀木的車中；
車前有燐火在燃着燈籠；
白馬無聲的由路上馳過。
路邊是兩行柏樹影朦朧。
　車中坐着那莊嚴的女神；
兩個仙女在旁。手捧玉瓶。
一隻瓶有淚水貯在中央。
一隻是由奈河舀的水漿。
冬青與白楊滿插在瓶內。
黑斑的蝴蝶在枝上飛翔。

車子停下了在一座廟前。
廟宇便是生之神的香烟；
殿角上的風鈴叮噹在響——
除開了這聲息一切安眠。
　殿上的琉璃燈光亮稀微。
映着爐烟之內。神隱黃幃。
四根大理石的柱子嵸嶐；

柱上雕刻着有力的蒼龍．
壽的玄龜以及愛的丹鳳．
麒麟象徵的是德行尊崇。

「死神．你的來意我已深知：
有一個詩人命盡於此時——
那年少翩翩你竟不憐惜；
他今天的死限不能改遲？」
「註定今天死的莫想俄延；
陰司之內不曾有過明天。」
「人生之宴他還沒有品嘗；
也沒有逢迎衷曲的女郎；

他的親戚友朋都在人世……
冷清清的教他怎去冥鄉」

「人生之宴！我問賓客是誰？
你看豪士賢人枵腹而歸；
只有猛虎肥豬嚼在堂上……
不應招的到還免得身危！」
「他的詩才已經開放花苞．
可以結成果了再去陰曹——」
「沒有詩篇不是充滿苦辛；
世間最多感的正是詩人。
與其到後來聽他詛咒你．

何不放他現在入了墳塋」

「固然。生並不美滿像天堂；
比起死之國來。它總遠強——
它有熱的陽光溫暖的愛；
作對的鶯兒囀弄着笙簧；
　飛蛾迷戀着靈芝的燭花；
蜜蜂在花海內整着排衙；
雨天。喚着求匹配的斑鳩；
五綵衣的雉鳥飛過隴頭；
羚羊歡樂得拏角尖相觸；
鹿引着雌鹿在林中遨遊。」

「樹的濃蔭只是等着秋風；
鐮刀在穀田上閃過鋼鋒。
河水入江。江水流入東海：——
芸芸的衆生奔赴去冥中。
　生好像晚霞。那光彩新鮮。
不到多時。便將滅沒西天……
那黑衣的夜神與我無殊。
她降臨時。衆生入夢鼾呼——
一旦。星作燈光。烏雲作被。
他們要長眠在我的幽都。

奈河裏是烟膏色的水波
遲緩的流動，像匯漆成河；
一片天空總是半明半暗；
骸骨般的白草豎立斜坡。
　在這河邊，世人貴賤皆忘，
乞丐之前，泰然臥着君王；
元寶亂堆在富豪的身邊，
賊在一旁，並不思想那錢，
他們知道，在冥國之境內，
無用場的財寶不抵安眠。
詩人來的道路各自不同；

今天這個少年任他去從——
歎息華亭鶴唳的人，陸機，
他與謝朓是梟首在市中；
　飯顆山的杜甫終世饑荒，
白酒，黃牛，一朝脹得身亡；
屈原，挾着枯荷葉的衣衫，
湧身投入汨羅江的波瀾；
李白身披錦袍，跨在鯨背，
乘風破浪，漂去了那『三山。』
大柱之間忽然現出疫神——
如柴的骨架上盤着青筋；

手握赤蛇；肩上一個黑袋；
慘綠色的光煇閃在周身。
疫神與死神並立在殿堂；
依稀有一黑影來了身旁……

黃色的幃幔間揚起輕風；
有一聲歎息低滅入虛空。
銅爐裏香烟舒徐的上裊；
琉璃燈的火入定在微紅。

鳳求凰

擬作

我像匠人
冶銅質成圓鏡。
鏡背上雕着鴛鴦——
沒有花黃
拏起來端相容光。

我像羲和
用香料薰花朵。
薰成了一朵珠蘭——
沒有青鬢
將此花佩上金簪。

我像樂工
竹管上穿音孔。
參差的駢作了笙——
沒有朱唇
低吹出求侶之聲。

歲暮

在這風雪冬天.
幻異的冰花結滿窗沿.
涼飆把門戶撼——
飲酒呀!
讓我們對着爐火炎炎.
送這流年!

在這瞬息人間.
蠟燭無聲的銷下銅籤.
燭滅衆賓隨散——
高歌呀!
把哀絃急管催起筵前.
銷這愁煎!

無題

只須有女郎
伸來手指温柔
輕撫這詩章
　與創疣……
此外我更無所求。

只須有女郎
爲它一笑含羞．
笑聲似笛腔
　與鳥謳……
此外我更無所求。

只須有女郎
爲它熱了雙眸．
珠淚灑篇旁
　與卷頭……
此外我更無所求。

生

不要誇閬苑景物煇煌．
金殿上有黃金的太陽；
　它不如故鄉——
　　雖然故鄉
只餘一片荒涼。

也莫愁冥國霧氣迷茫．
遠處有風聲顫在白楊；
　只須有女郎——
　　偕了女郎．
地獄都是天堂。

懇求

天河明亮在楊柳梢頭。
隔斷了相思的織女．牽牛；
　不料我們聚首．
女郎呀．你還要含羞……
　好．你且含羞；
一旦間我們也阻隔河流．
　　那時候
　要重逢你也無由！
你不能怪我熱情沸騰；

只能怪你自家生得迷人。
　你的温柔口吻．
女郎呀．可以讓風親．
　樹影往來親．
唯獨在我捱上前的時辰．
　　低聲問．
　你偏是搖手頻頻。
馬纓在夏夜噴吐芬芳．

那穠郁有如漬汗的肌香……
　連月姊都心癢.
女郎呀.你看她疾翔.
　向情人疾翔——

誰料你還不如月裏孤孀.
　今晚上
你竟將回去空房!

冬

冷氣中蜷縮着枯的枝條。
三片兩片黃葉枝上飄搖；
南飛去的歌鳥留下空巢——
　樹兒靜悄；
　它正夢．
夢着初夏今宵。

只有白的濃霜鋪徧寰中；
只有一輪冷月懸掛天空。
肌如雪的嫦娥獨宿深宮——
　月兒懞懂；
　她正夢．
夢着丹桂香濃。

悲夢葦

像一聲烏鳴。
在月如銀的夜間。
低啼過幽谷。
高叫在雲邊；
遼空是你的家。
哀音受自蒼天——

不說眠了衆生。
有誰聽你發歌聲；
就是鴉雀在枝頭諦聽呀。
孤鳥。
你也怎得留連？

招魂辭

不怕巨靈般的薄暮雲靄
　天際行來.
　將徑封埋,
荒郊之內我們燎起神柴.
　照英魄歸來!
赤燄熊熊照見狼豹兕豺.
　陰飈颾颾;
　火舌雖歪.

終將星點向四野遠噴開.
　引壯士歸來!
黃河作酒漿.釜九鼎濃釃.
　澆到泉臺;
　焚化冥財;
睡獅屠死.烹成肴饌相齋——
　禱靈魄歸來!

母親的雙淚灑落下雙腮；
　一片深哀
　蟠踞胸懷；
她在戰場上拏聲調高擡。
　喚兒子歸來！
國魂的車前有六龍齊排。
　紛擁而來……
　彗星耀白；
國殤之鬼在崖谷中散開。
　尋國士歸來！

憤外逼強鄰。憤國事日乖。
　轉戰九垓。
　白骨皚皚……
爲民生國利雖喪形骸！
　魂魄速歸來！
田野蕭條。只餘老弱童騃。
　更乏雄才
　爲國祛災……
你們到母親的懷裏投胎。
　再一度歸來！

血紅的火忽然綠似莓苔；
　時猛時衰……
聲過蒿萊。

是銜枚的駿馬奉了神差
　送國士歸來！

泛海

我要乘船舶高航
在這汪洋——
看浪花叢簇
似白鷗升沒。
看波瀾似龍脊低昂；
還有鯨雛
戲洪濤跳擲顛狂。
我要操一葉扁舟

海底窮搜——
水黃如金屋。
就中藏寶物；
水蔚藍蘊碧玉青璆；
沫濺珍珠；
耀珊瑚日落西流。
我要拏大海爲家——
月放燈花；

碧落爲營幕.
流蘇綴星宿;
綃帳前龍女撥琵琶;

酗酒高呼.
任天風播入無涯!

洋

瀑布只知喧囂它的長舌；
湖澤迂滯；小河跳過白沙．
淺才及綠氤氳下的竹爪；
大江．似蛟．挾石衝下雪山．
穿鞺韃作聲的暗洞．深穴．
亂山中撞開一峽．到平原．
寬廣．舒徐的始流入東海——
唯有．洋！終古你面對碧空；
挾南極雪嶺冰峯下的水．

輝映着櫻櫚．鱷魚的炎陽．
在北斗光中扇白風凌亂。
你呑有天下之半而無聲；
紫浪．雍容的．涵養十萬里。
當鰲掉尾在百紀夢回時．
大地驚顫．張開口吻無底．
將膽色之涎．將赤餤狂噴——
但是你無損。你流覽鯨樹
吐發着珠花以爲樂；珊瑚

林木般茂生在你的山島．——
帝王家一莖已爲寶．眞窮；
還有珍珠斗大．瑩圓似月．
懸在龍宮；宮前來往星魚……
誰料到．你竟能包羅珍怪
在連天一碧中？更足驚奇．
你胸藏有太古來的秘密——
曾在共工斷柱時你窺天
得其玄秘；及後女媧補罅
以肖七色虹的采石．她思
啓示地子以開闢之奧義．
乃日留金孔．銀的在夜間．

雷雨時．畫蝌蚪形的文字……
終惜地子目弱不能穿光．
愚蒙又不識字；茫茫萬載
解宇宙之謎的竟無其人。
洋！唯你認識天國之璀璨；
風．雷．水．火的變化與循環；
地之運周；生命有何歸宿……
我願．在烏雲幕遮起太空．
人間世只聽到鼾呼時候．
伴你無眠．潛行峭壁危巖．
聽你廣長舌的潮音自語！

天上

天上搖曳着一片雲.
我不好穿.我不好穿……
我是泥同土裏起的人;
我只能望了她舒展.
在太陽前面舒展衣衫。

石上流出了一股泉.
我不敢飲.我不敢飲……
我的口骯髒.自己羞慚;
我只能讓那花去親.
去親泉水的純潔之吻。

那夏天

你莫忘了那夏天。連大地
　都渾身悶熱的時光；
你莫忘了路邊的那老栗。
　爲了你他灑下蔭涼。
離開他你去了——天眞。美麗。
　你穿着貼肉的衣裳——

離開了他。你上前去尋覓
　池水邊的一園刺薔。
未離開的時候——你須忘記——
　有毛蟲跌落在鞋旁……
聽每天的午鐘．你莫忘記
　那夏天的一樹風涼！

禱日

是曙光麼．那天涯的一淺？
終有這一天．黑暗與溷濁
退避了．那偷兒自門戶前
猛望見天之巨日而隱匿
去他的巢穴；由睡夢中醒
起了室中的人．行入郊野．
望閎偉的朝雲在太空上
建築黃金的宮殿．聽頌歌
百音繁會着．有如那一天．
天宮上．在光輪的火燄內．
鳳凰牽引了他們．應鐘鼓
和鳴？

　這眞是曙光？我們等．
曙光呀．我們也等得久了！
我們曾經看到過同樣的
一閃．振臂高呼過；但那是
遠村被災．啼聲．我們當作

晨雞的．不過是「顛沛」號呼
於黑夜！這絲恍惚的光亮．
像否當初只是洪水東來．
在起伏的波頭微光隱約．
不僅袪除無望．且將挾了
強暴來助黑暗．淹沒五嶽
三川．禹治的三川？

　　如我們
是夜梟．見陽光便成盲瞽．
唯喜居黑暗．在一切夜游
不敢現形於日光下之物

出來了的時候．醜嗬怪笑——
望蝙蝠作無聲之舞；青燐
光．內墳墓張開了它們的
含藏着腐朽的口吻．哇出
行動的白骨；鬼影．不沾地．
遮藏的漂浮着；以及僵尸．
森森的柏影般．跨步荒原．
搜尋飲食；披紅衣的女魅
有狐狸．那拜月的．吸精髓
枯人的白骨．還要在骨上
刻劃成奇異的赤花．黑朵．
作爲飾物．佩帶在腰腋間……

那便洪水來淹沒了我們
也無怨因爲醜惡與橫暴．
與虛萎．本是應該盪滌的。
但燧人氏是我們的父親．
女媧是母．她曾經拏采石
補過天．共工所撞破的天．
使得逃自后羿箭鋒下的
僅存的「光與熱」尙能普照
這泰山之下的邦家黑暗；
永無希望再光華的黑暗．
怎能爲作過燦爛之夢的
我們這族裔所甘心？

日啊！

日啊！升上罷！玄天覆蓋着
黃地；肅殺的秋蟄眠的冬
只是春之先導；漫漫長夜．
難道終沒有破曉的時光？
如其是天狗……那就教羲和
驚起四萬萬的銅鐃．戰退
那光明之敵！

日啊．升上罷！

捫心

唯有夜半.
人間世皆已入睡的時光.
我才能與心相對.
把人人我我細數端詳。
白晝爲虛僞所主管.
那時.心睡了.
在世間我只是一個聾盲;
那時.我走的道路
都任隨着環境主張。
人聲擾攘.
不如這一兩聲狗叫汪汪——
至少它不會可親反殺.
想詛咒時却滿口褒揚!
最可悲的是
衆生已把虛僞遺忘;

他們忘了臺下有人牽綫。
自家是傀儡登場.
笑啼都是環境在撮弄.
並非發自他的胸膛。
這一番體悟

我自家不要也遺忘……
聽那鄰人在囈語；
他又何嘗不曾夢到？
只是醒來時便拋去一旁！

幸福

幸福呀，在這人間
向不曾見你顯過容顏……
唯有苦辛時候，
無憂的往日在心上回甜，
你才露出眞面，
說，無憂便是洪福——
等你說了時，又遮起輕烟。
有時我遠望天邊，

向希望之星掙扎而前；
一路自欣自喜，
任欺人的想像幻出凡間
所無有的美滿……
到了時，只聞惡鳥
在荒郊裏笑我行路三千！
何必將壽命俄延，
倘若無幸福貯在來年？

不過．未來之謎
內中究竟藏了什麼新鮮．
有誰不想瞧見？

因此我一天有氣．
一天也不肯閉起眼長眠。

我的心

你不累麼，我的心，
這般勞碌着時刻不停？
萬物中只有你與流水
不曾在夜裏尋過夢神。

你不累麼，我的心？
你向來沒有發過怨聲……
脣與舌終天搖個不住，
何嘗又對你謝過殷勤？

你不累麼，我的心？
像娘對兒女好歹不分，
向了四肢你輸送血液——
不論是治傷或是行文。

你也累了，我的心；
六十年之內嘗偏苦辛，
你到底停了，長眠地下……

但是胞胎已化作兒孫。

愚蒙

世間的罪惡算愚蒙最大。
只看戰爭。世人不顧性命．
高呼着愛國呀愛國．把刀
插進敵人的胸膛；再不想．
他．也像自己一般．有赤心．
跳盪着五情六意的赤心．
他也是爲了家國致性命。
不便自家中了鎗彈．睡臥
土壕中．在如雷的礮聲下．

聽同伴們倒地．呻吟；這時．
自家最後的抽搐也到了……
他猛然想起家鄉隔千里．
父母年高；兒女尚是蒙昧
無知．但「孤苦」的罡風已將
刮進他們漸開的知識中……
那時．他想到並無有親族
來送終．只有自家一樣的
伙伴．朝不能保夕的．爲他．

並爲自己．飄下一絲眼淚
相送；那時他能不傷心麼
能不傷心？這一對犧牲者
如若知道．四海中的人民
都是人類．什麼事要商量
儘可以商議；只須拏貪慾．
霸道擯除了．嚴防着耳中
蠱惑入強暴．姦詐的言語．

在他人吹的號聲中．他人
敲的鼓聲中不去拋熱血——
只是在澄清的天下．自家
與鄰國的自家面對了面
商量．以同情中孕育出的
明智來商議；那時候．悲慘
又何從出現於人世間呢？

相信

遇到人不能够便說眞理.
有時候實在要拏它藏起——
是眞話又何妨到處說明?
不過聽的.他要作何居心?
　現在.我的人哪.
　我來告訴你!
有的話你聽到會羞.有的
也能拏憐惜由心上勾起。

我是怕懷疑之蝟用針毛
來亂刺心;那時.我要奔逃.
　我要.我的人哪.
　逃來靠着你!
神與獸蟠踞在我的心裏;
它們爭上風.我經當不起。
那獸.旁的不怕.我只怕它
教我疑心神與它是一家;

那時，我的人哪，
我要依賴你——
我一瞧見了你也在心底
有神，勇氣便會立時鼓起；

那刻，怕它什麼鼷鼠，豺狼，
反正懷疑之蝟離了身旁……
我的，我的人哪，
讓我相信你！

希望

當日。我因爲現在不能滿
我心中的預期。拏它撩開。
朝了新方向重尋那一反
前惡的今。好讓關在胸懷。
哀哀哭着要奶漿的心臟
能安睡下去；那知這一來
已經十年了。只尋到失望——
失望。那個橡皮似的東西。
落到塵土中了。又能跳上
頭來。變成希冀；如此不疲。
一直高下的慌張了十載；
現在精疲氣竭。落進汙泥
裏邊去了。不再充是能開
口胃的畫餅。河那岸的梅。

能解口渴了。心哭着無奶．

早已焦死在胸頭；只剩灰．
蒼白的——還包着一團溫暖——
假在骷髏裏．等到風一吹．

雨一淋．它便要飛入遼遠．
永無踪影了……．不能那不能……

今與未來所欺賣的不單

我一個人而已；芸芸衆生．
他們被甘言巧語所籠哄．

總有恆河沙數了——有些人

到頭來不悟他們在荒塚
碰上了死神的骨架．都還
爭說是這不會枉費紛擾．

苦辛了六十年．在鬼門關
前面．還是抓住了那希望；
有些人．長着口不會言談．

心頭的苦申訴不到脣上，
只．能含着眼淚．去找近鄰．

那便是螻蟻．緘默的榜樣……

不能．為了後來的．我不能

不揚起這被欺者的咒聲！

鏡子

美麗拏裝束卸下了．鏡子
知道它是眞的呢還是謊；
對着靈魂．它照見了眞相．
照不見善．惡——人造的名詞。

不響．成天裏它只是深思
又深思⋯⋯平坦在它的面上．
以及冷靜．明白；不見往常
那些幻影．與它們的美．疵。

一個省城

江水已經算好了。喝井水的
多着呢。全城到處都是臭蟲。
卑鄙的臭蟲最銷行日本貨。
價錢巧樣式好看。菜蔬與肉
比上海貴。夏天太太們時興
高領子……還不曾看見穿單袍
沒領子的男人。通城的院子
有一個樹木多——那是教會的。十
大學租用着聖保羅的舊址；

每到春天——想必眞是
Spring fever——
定必要鬧風潮。東門的城牆
拆了一半。還有一半剩下來；
城外有茅房。汽車站。

是前天
立的秋；像大雨一樣。涼風在
樹堆子裏翻騰着。我涼醒了。

躺在牀上．想起Havelock Ellis的The Dance of Life．恭維中國的古代．說那時知道藝術的來生活……這班外國人！他們專說幾百．

幾千年前的腐話！

一陣早鐘．一聲兒啼．由外邊送了進來。我出了神靠在牀上．思忖着。

動與靜

在海灘上，你嘴親了嘴以後，
便返身踏上船去開始浪游；
你說要心靠牢了跳盪的心，
還有二十五年我須當等候。

熱帶的繁華與寒帶的幽謐，
無窮的嬗遞着，雖是慰枯寂——

你所要尋求的並不是這些；
抓到了愛，你的浪游才完畢。

在迴憶中我銷磨我的歲月；
火燒着你的形影，多麼熱烈！
不必尋求，你便是我的愛神；
供奉，祈禱，他便是我的事業。

雨

唯有從內地來的到如今
才看見「虹」。

　　　　正式的在落雨。
爲了買皮鞋油的緣故，我
走過去了四川路橋。

　　　　　　　車輛
形成的牆邊，有竹籬圍着
一片空地；公司豎了木牌，
指明新屋所移去的地點。

沒有尾聲的喇叭喚過去。
雨落上車頂，落上千佛巖
一般的大廈。它沒有沾溼
那扭腰身的「賈四」；那燈光
也仍舊貼了白磁在蜷臥。

如今已是七年了……——梅怎樣？

那一套新衣裳總該溼了……

柳浪聞鶯

軍閥的楹匾點綴着錢王祠。
水磨磚的月窗上雕有雲采，
雙龍戲珠……「這是一幅好圖案。」
同聲的我們說。
「功德坊」前面
是「柳浪聞鶯」鳥兒已經去了；
那細腰的柳樹却還在弄姿。
浣女在湖邊洗衣。
兵士淘米。

誤解

朋友！（抽象的你或許要癟嘴，
說我在侮辱這名詞的尊嚴，
在侮辱你。不然梅仍舊是梅，
雖說作了中國的國花……可憐！）

那無稽之談你怎麼好相信？
這個並非是爲我；這是爲你——
裏外透明，純粹的，你像水晶，
怎麼好讓「不仁」來將你蒙翳？

（原來都是你的，那光華，純粹；
就說我是翳，你又何必擔憂？
夜氣儘管騰，貓頭鷹儘管飛——
那衆星，它們受了損蝕沒有？

我要眞的是翳，你正該安靜：
在良心上，那罪名自然會嚙，
自然會時刻的不給我安寧，

好比那害蟲在花心．在樹葉．〕

異常的環境與異常的行爲
好比樹根．樹葉；你不要看我
外面沾了汙泥．那金屑．金灰．
蘊藏在內的誰敢拏它㶑惡．

或許有人拾起礦石去冶鍊．
永不凋殘的鏤成一朶蠟梅……
當然水晶的實質當然不變；
但是．那一時的翳．你不追悔？

風推着樹

風推着樹。
　像冬天
一片波濤
　在崖前。
吼聲愈大。
　樹愈傲——

風推不斷
　質地牢。
枝幹蟠曲
　像圖畫……
寒帶正是
　它的家。

夜歌

唱一隻古舊．古舊的歌……
　朦朧的．在月下．
迴憶．蒼白着．遠望天邊
　不知何處的家……
說一句悄然．悄然的話……
　有如漂泊的風．

不知怎麼來的．在耳語．
　對了草原的夢……
落一滴遲緩．遲緩的淚……
　與露珠一樣冷．
在衣衿上．心坎上．不知
　何時落的．無聲……

春歌

不聲不響的認輸了冬神
收斂了陰霾休歇了兇狠……
　嘈嘈的鳥兒在喧鬧——
一個陽春哪要一個陽春！
水面上已經笑起了一渦紋；
已經有蜜蜂屢次來追問……

　昂昂的花枝在瞻望——
一片瑞春哪等一片瑞春！
好像是飛蛾在燄上成羣。
剽疾的情感迴旋得要暈……
　糾糾的人心在顫抖——
一次青春哪過一次青春！

第二编

收魂

地上一條驢子將喪殘生;
天上瘸下來了太白金星。
總統也是註定今夜身亡——
他想收了驢子再去府旁。
　此刻他的脾氣十分不好.
昨天的事仍舊使他煩惱;
因爲衙門裏面欠薪無錢.
那收魂的布袋用了多年.
都不换個新的.昨天爛通.

一點他不知道.仍在袋中
塞下當晚所收到的陰魂.
這些陰魂裏有一個文人.
瘦弱如柴的.在半途漏下.
這文人的分量既然不大.
所以由窟窿裏漏了之時.
那馱袋的老人一毫不知.
等他到了靈霄寶殿上頭.
點數魂魄.方才知道緣由.

此刻，玉皇王母恰巧不和，
因此報上殿時受了申呵。
　一面蹣跚着，他一面嘮叨：
「死了驢子也要親走一遭！
閑散的張果老長有驢騎——
我這忙人偏拏腳當驢蹄！
只收魂魄，自家老不死掉……
一閉眼睛，誰還怕不公道？」
　如今他正走過郊野中間——
大平原上臥着夜之白烟；
饅頭樣的墳墓映着青燐，
柏樹圍着，好像一些死人；

在轆轤井邊，狗低聲叫喚，
它曉得是神道來了宅畔。
　向了門神，金星說出來由；
門神對他熟人樣的點頭。
因爲白鬚使者十天以前
來收過一閨女，她是輪姦
身死的。不幸呀，這個家門，
喪了女，又要丟得力之牲！
　進了大門，他便走去廚房，
找那司一家之命的竈王。
竈王揉開了烟熏的紅眼，
涎水流滿鬍鬚，流滿黑臉；

他見金星不幾天又前來.
怕是玉皇大帝放的欽差
來查尅扣芝蔴元寶一案.
在神龕上不覺慌得儘顫……
等到金星說明來的緣由.
他才散了滿肚皮的憂愁。
「天還沒有亮這畜生就鬧——
收了它去到能睡個早覺!」
冒起火的金星.眼皮一翻.
說是竈王的話用意雙關——
不虧司命心虛.忙認失言。
兩員老將怕要鏖戰廚前。

努着嘴唇,金星行過紙窗。
他聽到母親在夢裏悲傷.
一時刻抽噎一時刻囈語;
父親打鼾……沒有忘記閨女.
不過他整天裏挖地.鋤田.
所以夜中石頭樣的酣眠。
驢子也酣眠着。他在夢中
還是遮了眼在磨旁作工……
他在胸上覺到金星伸手.
還以爲是主人催他快走……
不知生命之磨他已轉完.
催他去是見天帝見天官。

上路以後，走了一些路程。
老者便將布袋扔在街心——
「這個畜生，比那富翁還重！
拏我的肩膀，壓得眞酸痛！」
「你自家的身體知道關顧，
旁人你就任意抛上石路！」
老者聞言，氣在心頭直衝；
鬍鬚抖着，有如吹過輕風。
「你這不知價的長耳畜生——」
「我的聽官無須加以譏評。
雙耳垂肩，正是大福之相；
不是貴人，還沒得在頭上。

拏它作扇，蚊蚋見而遠避，
不須再去杭州找舒蓮記。」
「當眞！天生的好毛扇一雙；
加上你的纖步有如女郎——」
「誰教他們拏鐵皮來包我？
天足，我知道，是十分灑脫。」
「還有你那解放了的聲音——」
「至少它強似單調的鳳鳴。
得意之時，不妨引吭高歌，
那裏顧得音韻不甚諧和！
事不公平，我也身歷不少，
今天並不是我初次受惱——

任人都菲薄我，說是臉長；
有誰笑洪武？他原是聖皇！
隆準的漢高祖誰敢鄙笑？
我的長臉偏生受盡譏誚！
狼，狗，熊，他們都作了天星；
留下我一個在世間苦辛。

孟浩然騎我得詩句梅邊；
張果老倒騎我游戲人間——」
「好罷！我也騎你歸去九天，」
說着，太白金星跨驢腰……
於是，馱人的命死也難逃。

第三编

兩行

好些人恨你．詛咒你……

有一個．我知道．感激。

四行

清明

一

斑鳩．掩了口兒．正在啼哭；
竹籤上有錢紙飄飄；
一樹冬青．只見葉兒低覆．
那樹樁是長在陰曹。

四行

二

完結了，這醜陋的生活！
這個你不能責備環境……

除了人，環境還有什麼？
唯有懦夫才責備旁人！

四行

三

人性．當然．人類要重視——
超越的古聖
犧牲了自我．爲着今日……
將來呢．大神？

四行

四

魚肚白的暮睡在水窪裏．
在悠約的草息中作着夢。

雲是淺的．樹是深的朦朧。
遠處有燈火了．紅色的．稀。

三疊令

一

我還是一個孩子.
沙灘裏蓋着樓房。
憂慮的常時自思
我還是一個孩子.

不能建國福來茲.
只知道堆砌文章……
我還是一個孩子.
沙灘裏蓋着樓房.

三疊令

二

有一個驚心的眞理．
說出來你滿口否認。
包圍着你．滲透了你．
有一個驚心的眞理．

如同地面上的空氣．
永恆的．却無臭無聲。
有一個驚心的眞理．
說出來你滿口否認。

迴環調

爲了開墾這久荒的土坡．
肩起鋤去殺長蟲於草莽．
流血在山崗有七十二個．

多事的家門尙不知悔禍．
只聽見雞鵝隨了人擾攘……
有誰想到這久荒的土坡？

「貧窮」與「災難」在簷下作窠．

黑色的啼聲一天天儘忙；
它喚去的何止七十二個？

「紊亂」那母親所生的「罪惡」
向了錢莊屢次借貸銀兩
抵押便是這久荒的土坡。

雖說可羞的是同室操戈．
爲着要家門不典與「滅亡」

又滅亡了許多七十二個。
還不曾看見有田疇交錯；

守業的兒孫今天會迴想．
爲了開墾這久荒的土坡．
流血在山崗有七十二個．

巴俚曲

一

無名氏三百留得有「經」在。
「離騷」是愚人蠢漢的言詞。
卓文君的丈夫犯了拐帶
與訛詐；榮華了．誰打官司？
五斗米嫌少．小官僚告辭；
雖是閑情畢竟難逃酒字，
寫着「淸平調」．李白眞放肆
不講臣下的禮。饞嘴喪生．

是因爲詩聖餓得像針刺……
「頂離奇呀便數這夥詩人！」

無端得了山河．無端破敗；
在南唐宮裏袒裸着瑕疵……
靠在牢牀上唱他的感慨．
傳誦到如今有一些小詞。
荒唐的柳三變念茲在茲．

只見他成天在院裏窺伺;
爲的他會兜搭．最有意思．
幫着窰姐兒把新調翻成．
棺材錢便出在她的箱筒……
「頂離奇呀便數這夥詩人!」

判過姦情案子的筆．奇怪!
居然拏起來畫兒女之私;
七十歲老頭子居然談愛．
惹得女看官爲他害相思……
不是在湖船上望見白髭．
這病兒怕不要將人害死!

那時節．任多少嫣紅姹紫．
任如何在亭畔埋起尸身．
總不得還魂到婁江女子……
「頂離奇的便數這夥詩人!」

沕話:

詩神!那許多爲了你造次．
顚狂的．我眞數不完名字;
由別人去詛咒狂笑連聲——
你却不好跟着說三道四．
「頂離奇呀便數這夥詩人!」

巴俚曲

二

朱湘。你是不是拏性命當玩。
這麼絕食了兩天。只呑水。氣。
弄得頭痛。心怔忡。口裏發酸；
還是有大題目當前。像甘地
那麼絕食七十天。爲了印度。
或是牛蘭。爲了證明共產黨
捨去積極。也走得消極的路？
你的目標究竟是什麼呢。講！

別人的性命與老母雞一般；
唯一的目標在延續下生息。
手段採用的是什麼。那不談——
你的可是雞毛。就這麼拋棄？
新中國有的是那班大人物。
用不着你這條鯽魚作供養；
並且。你的骨頭呑下了難吐……

你的目標究竟是什麼呢．講！

哦．你還不曾走過餓這一關．
這兩天來你全是好奇之意．
要瞧有什麼往空肚子裏鑽．
你好抓住．盤問它一個底細……
這個．除非是你拏「餓死」抓住；
可是．一看見了他．你也長往．
從你的口裏消息無由吐露……

你的目標究竟是什麼呢．講！

渺話：

朱湘．我知道什麼你都不顧．
只有好詩你是垂涎的．放搶；
你可是想作危用．想作老杜……
你的目標究竟是什麼呢．講！

巴俚曲

三

恰好是亞吉里斯的反面——
一點剛強．其餘都是孱弱；
在這大塊裏它時隱時現．
是百分內九十九分差錯
與儌幸．一分正當相摻和。
既然是人．不能夠單留着
它．扔掉了其餘的那委瑣．
於是．永遠便不會有一天
能培養起來純粹的自我．
在這泥水中的五六十年！

靈囚在肉裏．帶鐐銬．鎖鍊；
人事饕餮它的．天性捱餓；
只是爲了眞誠難得遇見．
那是心甘情願的這造作；
要把勇氣悶死了．這怯懦；

這氣忿的烟．這色慾的火
熾熱在胸膛裏．不好閃躲；
這情感．一頭在苞發新鮮．
一頭又養黴菌這麼繁夥．
在這泥水中的五六十年。

照舊一般半生並沒有變．
雖說是要改革它．我發過
許多的願心……它照常留戀
這痛苦中的歡欣．這溷惡；
它不肯不能把自己解脫。
還有半生．難道也是這麼？

難道也是兩條好腿來跛；
在哭裏笑在寒冷裏熬煎；
夢見完美在殘缺的居所．
在這泥水中的五六十年？

沕話：

造物！你不該放蟲在花朵．
如其你要的是好花碩果——
如其你的心裏也有矜憐．
你便不該把這顆心給我．
在這泥水中的五六十年！

圖兜兒

一

像皮球有貓來用爪子盤弄.
一時貼伏着.一時跳上了頭;
唯有愛情在全世界的當中.
　像皮球。
盤弄它好比盤弄老鼠啾啾。
除開游戲的.愛情還有一種——
狂暴.自私.它要兼吞下靈肉.

矛盾的是長着圓臉像兒童.
又長鬍鬚。唯有愛情用溫柔
與滑膩遮蓋起內心的空洞.
　像皮球.

二

脚踏汙泥我眼睛望天……
明明也知道它是大氣．
並沒有泥鰍扭在裏邊．
　沒有荸薺。
栽秧的農人脚踏汙泥．
口裏唱秧歌多麽歡喜……
　眼睛望天．
汗珠滴進了眼眶裏面。

眼睛望天我脚踏汙泥……
　好比黑漆．
那夜雲堆得多麽嚴密．
不見有星光一點半滴．
　眼睛望天．
我設想有星躲在雲裏……
雖說它黑得好比汙泥。

三　贈張競生

不必作英雄．去向風磨搖戈！
蟲海．蟲山．這世間要有多少？
自古來的理想都埋進方窠……
悶了肚及．只有尸蟲在暗笑！

每個人都主宰有他的海島；
不必作英雄．作事的去騷擾。

離開了你的手．美變成醜惡。
　　你排了風磨
想栽起幸福來點綴這方窠——
那知道長成的是斷腸藥草！

英雄與蟲蟻都長睡在方窠……
今天又有你來向風磨搖戈！

四

櫻桃在玄武湖上要人培養。
進獻與宗廟用不得那微小。
　酸澀的櫻桃——
祖宗並不知道，獻者却難當
那慚愧與那罪名落在頭上！
從前有過人採葡萄於異邦；
不須我講是誰。你早已知道……

這一樹鮮紅你要好生培養，
莫讓來日的人，獻果與宗廟，
　選用到葡萄！
是從你的手中有白花開放；
甜美，勻圓，適夏天便等櫻桃……
你知道的，番梨何以發異香——
櫻桃在玄武湖上等你培養。

五

理想．當日虔誠的我拏贄儀．
那潔白的勻圓．拜你爲師長．
到如今有十年我誦讀不息．
　理想．
三年前你拏人生放在案上．
那無字的書．你說要憑自己
去領會．向別人問不出端詳。
在廳堂上我誦讀它．在廁裏
我誦讀着霎時一現的文章……
原來這便是你緘默的深意．
　理想！

六

詩神要他的香火……
無論是松枝上飛過螢火．
還是白雪沈沈．
那三炷的芬芳熱烈婀娜．
兩盞的光明恬靜．
總要燃給詩神。

看幃後的金身．
想看見詩神的一團魂魄．
迂泥的唯有癡人……
幽然映了燈火．
「香烟在爐裏婀娜」
木起面皮的他看見詩神。

七　舊信

是一片鑰匙打開了「往年」；
那箱匣有白的情．黃的詩．
翡翠的希望與水晶的癡．
光采依然的又攤在目前。
頤和園的長廊閃映大池；
　有一片鑰匙
敲得開那廊盡頭的宮殿。
那夔門教那傾瀉下高險．
狹隘的江水鬆弛了奔勢．
安詳的好去尋海洋．灌田——
　像一片鑰匙。

八

人生是一個謎。當要緊的關頭．
手攙着手的．失敗與成功並立；
都向了你她們丟眼風．那意義．
靠不得旁人．要你自家去猜透。
大家辛苦釀成的該大家享受；
　人生是一窠蜜……

莫讓人奪去了．連黃蠟都不留。
鬧烘烘的聽衆有如喝了燒酒……
如今聽着假笑．假啼．他們自己
也得假啼．假笑．在散場的時候……
　人生是一齣戲。

九

上了戲臺．人就該忘去自我；
那照例的言詞都早已安排……
「不許自作聰明；按着劇本說！
　為了全戲臺。」
正是為的假．游戲性便作怪
在喉嚨裏。我們接受了生活．

掙一場熱鬧給人生．也正該。
有那替主角編的劇本．不錯——
演的時候呢．你看．他可胡來？
憑了恰當的眞自然的造作．
　他主有戲臺。

一〇

摟着人生你去踏狐步……
牆花應分是捱笑的人；
你給她雙臂．給她雙股．
才能算是不辜負人生。

熟人麼？；好面生的？也成……
反正只有一團熱在舞；
只有一絲節奏在浮沉。

非洲似的夜四面匍匐；
有期限的是這光．這聲……
誰說梅女哀不識時務？
當然．她是另一種人生。

二

說自己是好人那當然不敢……
是的．弱點像蜂窠我有一身；
却是也有一窠蜜．能教他饞．
　好甜食的那人。
如其不嫌無味的蠟塞牙根．
如其還有孩子氣吃裏帶玩……

雖說不鹹．它與鹽恰好相成．
這世界如同五味有苦有甘．
要接受除非是全盤的……你能？
全好的人．如其有未免膩煩——
　你說是麼．好人？

二

無傷害的游戲很少人會玩……
你看，船舶像白鷗凫在海裏，
掉花樣成了軍艦，它就不算
　無傷害的游戲。
這還是逃不出野蠻的境地；
你看，孩子淘氣，不能作客觀，
不單是害人，他還常害自己。
憑了假事件發抒眞的情感，
讓它脫離了渣滓，化成白汽：
唯有嚴肅的藝術會作超然、
　無傷害的游戲。

一三

「唯有錢最好」是一句老生常談……
黃白的太陽．月亮．它們也很老。
不愛錢的人中外誠然都不少；
但是．他們也得住家．穿衣．吃飯。
在他的蹄下這世界呻吟．呼叫。
威權最大的只有一個神．「艱難」——

唯有錢最好。
錢能從他的手裏購買到欣歡。
整個文化都是錢作後臺老板——
事物都有反面的．不必說鎗礮——
是誰撑起了那聖彼得的燦爛？
唯有錢最好！

一四

憑了這一枝筆．我要呼喚
玄妙的憧憬．那在心坎裏
飄忽的；我要把她摟抱起．
吻．吻．把魂靈掏給她觀瞻。
她要爲我流淚。爲我歎氣．
因爲那上面有愁絲絡滿——

　憑了這一枝筆．
都描畫不盡它們的鬱盤。
魂靈也自有大紅的喜歡．
白的熱烈……呀！要是我能以
長留住她那時爲我的顫．
　憑了這一枝筆！

十四行

英體

一

看．看遠方的那團烽燧
在邊關百尺上揚起光華……
它曾經照過胡兵結隊．
悄無聲的駿馬馳走平沙；
也曾經照過美人青塚．
氈帳般的天邊哽咽胡笳；
或是降將挐重裘夜擁．

在雙星之下望斗柄枒杈……
這疆埸有如一片墳墓．
埋着不知多少名將嬌娃；
烽火是燐在螢前飛度．
照見憧憧鬼影飄忽紛挐；
那悲歎着的荒原夜風．
有多少啾啾滲在當中！

二

或者要汙泥才開得出花；
或者要糞土才種得成菜；
或者孔雀．車輪蝶與斑馬
離不了瘴癘溺然的熱帶；
或者泰山必得包藏兒惡；
或者並非純潔的．那瀑布；
成者那變化萬千的日落

便沒有．如其並沒有塵土；
或者沒有獸慾便沒有人；
或者．由原始人所住的洞．
如其沒有痛苦．饑餓．寒冷．
便沒有文化針刺入天空……
或者．世上如其沒有折磨．
詩人便唱不出他的新歌。

三

除去了生活．人事．睡眠．疾病．
浪子的童年與蝸牛的老朽．
這六十年並沒有多少餘剩；
至於幸福的霎那．更是少有。
作不了神仙．拿我們這整世
所有的幸福由廢料中剔開．
凝鍊成一粒丸藥．縮爲一日……

我們這種凡夫只好在天然
人禍之下等候着這些霎那——
有時讓「不耐煩」硬派給區區．
有時讓「疏忽」．那疲勞的結果．
由我們的面前攫去了歡娛——
終於它到了；那長期的等待
拏我們的胃口又久已敗壞！

四

只是一個醉．雖說酒有千種……
熱帶的葡萄與寒帶的高粱；
酸．甜與濃．淡；白與綠．黃與紅……
反正是一團熱在肚裏．頭上。
有多種的熱。戰爭便是屠殺；
不凝滯於物的愛世間少有；
權位要高．需要更多的骨架……

純潔的熱只有藝術．只有酒。
在一切的熱裏唯有酒最好：
一醉．你便滌清了骯髒．痛苦；
醒來時．你像蝴蝶在天上飄．
雖說是冬天．聽到風在狂呼。
用不着墳墓．只須一只酒罈
封起我的灰．連了我的詩卷。

五

如其你的目力能看透衣裳．
看到膜起心臟的那層薄紙——
打印在眼前會有許多字樣．
或急或緩，隨了情感的手指。
如其你能看透脂粉與面具——
你會看見思想沸在頭顱裏．
如同一幕晃搖的電影．給與
觀者的印象只是眩暈．迷離．
黑．白的魔鬼．天使你能看見；
你又能聽見它們呼出的聲．
這聲調〔如其你的眼光算尖〕
有白也有黑．不過灰佔多成……
都好．却並不多見．純白．純黑；
只有灰與模糊在你的四圍。

六

沒有地震．那滂佩伊故墟
便無從留下珍貴的文獻。
科侖布是海盜；他的貪慾
却拏新版圖加上了地面。
「聖經」撈起有千年的文化．

幾幾乎拿蓋里留給殺害——
科學釀成了地獄的批發．
都是土星見了．降下天災。
人事的循環太難於捉摸……
建設來自破壞．善產生惡。

七

我的詩神！（愚夫聽到我叫你.
都以爲你是活的.生在世上——
我不也成了愚夫.如其費力
說你並不在人世.地獄.天堂？）
我的詩神！我棄了世界.世界
也棄了我；我在這緊急的關頭.
你却沒有冷.反而更親熱些.

給我詩.鼓我的氣.替我消憂.
我的詩神！這樣你也是應該——
看一看我的犧牲罷.那麼多！
醒.睡與動.靜.就只有你在懷；
爲了你.我犧牲一切.犧牲我！
全是自取的；我決不發怨聲.
我也不誇.我愛你.我的詩神！

八

愚蠢的是人類．需要大工程
來製造雨具衣裳．建築房屋——
鴨子能這樣說．憑了那一身
羽毛不沾水．温暖的白絨服。
儘管是法力無邊．人類所崇
拜的神不曾有過一百隻手——
那一萬二千隻眼睛的飛蟲．

不說凡夫．便是天帝也沒有．
要說人勝似動物在於羣力．
他又不算是十分奉公守法——
役他物爲己用的還有螞蟻．
他把乳蜜露的牛飼養在家。
不完美．人類天生得又孱弱……
它却成了世界的主人，爲何？

九

使只有這一絲向上的眞誠；
可貴卑微儘管充斥着．不怕！
要在汙泥之內．你踏得愈深．
才愈覺得天空是自由．奮發。
想必有人生便少不了汙泥……
是在那裏．人類的始祖蠕動；
怎麼能在身上不帶有遺跡．

雖說他也有心．望．望着天空？
好的是童年．不分善惡．美醜——
旣要踏新鮮的感覺於水田．
也要不在人造的一切內守．
去灘上．去坪內吸藍的新鮮；
美醜分辨得淸楚．成年也好——
該喜歡的時候喜歡．該惱．惱。

一〇

向了公認爲眞實的君子
我要追問.有時處境離奇.
逼得他不能.不願吐實詞.
他是否也拿白謊來遮蔽?
護身之色許多動物都有;
便不能說人類.一種動物……
要虛僞不在世界上存留.

除非人類.生命全體覆沒。
太陽並非光與熱的源泉——
不信.去問冰期.去問日蝕。
人畫的平行綫.伸到永遠.
總平行不了.有交互之時。
眞並非事實也無足失望……
正該去創造的.眞這理想!

一一

殺得人的鴉片．醫士取來
製成藥．救濟了許多的人——
它又拏文士的想像展開．
讓節奏的文字就中馳騁。
吞服砒霜的有權臣．愚婦
由七竅中流出生命之液——
和了酒吃它的又有漁夫．

他捕魚在淵水冷如冬夜。
人類都需要食品作營養——
百病叢生．何以都是由口？
懲羹吹齏的古代有顛狂．
他想辟了穀來延年益壽。
事物不能說它有毒．無毒——
只有適當．不適當的程度。

十二

草還沒有綠過來。但是空中
膨脹開的晴已經顯得異樣。
竹子，冬青不見得怎麽變動；
柳枝子却有了小牙齒在長。
面色已經活動了，開朗了，山，
雖說它還是硬起頭的沈靜。
湖水袒開了胸口對着蔚藍；
它的情緒在飄搖——許多游艇！
冬天，好一個冬天！過得眞久。
天知道。我的身體，心也知道。
已經有人，在空樹林子下頭，
聽不見聲音，絡繹的在旋繞。
又由蟄眠裏醒了，希望，快樂……
都是它在作怪，無一片晴和！

一三

我情願作一個郵政的人——
信封裏的悲哀．熱烈．希望．
好像包藏在白果裏的仁．
堆積在面前．讓我來推想……
我也情願作郵務的車輛．
跟着包封裏的許多情感．
在車快的時候．一同發狂；

或者咕噥．要是車走得慢……
我又情願作信封．來觀看
接信時的許多．許多面孔．
有各種表情．變化在開函
展讀的時候．向上邊紛擁……
我更情願作僥幸的信封．
去游熱帶．寒帶；坐船．航空！

一四

啊。靈魂。我們是一對孩子——
我少不了你。你也要居所——
在人生的書裏我們認字；
一同游戲一同啼哭。快活。
春天來了。我們齊聲的說：
上路去罷！路邊有木槿花。
高過我們的頭；草裏藏躲

有金鈴兒。顫鳴着小喇叭。
在沙灘裏我們一起玩沙。
曬太陽；聽湖水舐岸作聲；
看雲行在天上。水鳥在下；
湖風吹着；只有我們二人！
等到晚鐘響了。鳥兒在巢。
我們也一起回家來。睡覺。

一五

世上所喜歡的人便是三種。
兒童逗引起了光明的迴憶．
沒有憂慮．生長住慈愛之中；
又連貫起未來．實體的希冀。
繁夥在世上有悲慘與痛苦．
難得的是破涕開顏能一笑——
不用藥的醫生．花臉的神甫．

丑角．臺上．臺下的．都不能少。
英雄是許多實現了的欲望——
自然的．他們到處受人崇拜。
陸續不窮的幻夢附加而上．
他們便化爲一個象徵．時代。
這三種人不怎麼喜歡自家．
因爲．離心力是人性的大法。

一六

只是一鎌刀的月亮．帶兩顆星．
清涼．灑脫．在市塵定下來的夜；
遠方有犬吠．車輛奔走過街心．
寥落的；擾攘與喧囂已經安歇。
古老的情思驀然潮起在胸頭．
以及古老的意境。彷彿有羣蛙
搏動在原野內．榆柳．田舍。河流

展開在夜露之中．在山麓之下。
山靈的喉舌微語着．一條山溪。
彷彿是終古的．松柏．寶塔．寺廟；
它們並不迎迓游客．也不嫌棄．
要是他來了．坐在石磴上．閑眺。
總是這麼古老．悠遠的．我幻想．
對了兩顆星．與一鎌刀的月亮。

一七　蛙聲

是青蛙的稻田，這一片蘆葦……
急劇的，水鳥在與聲響接吻。
便是驢子都誇獎夜涼甜美——
柳條兒歎着氣，那更是本分。
遠處有火車，緜連的，奔走在
迴聲的山谷中，瀑布的崖下；
近處有綠瓶在肚子裏作怪，

有油紙作的玩具，孩童正耍。
月亮是團臉的白癡；在水裏，
他扔下來了許多珠子，滾動。
鳧過水面的蛙兩條腿在踢
兩條白光，頂上是白髮蓬蓬。
到明天再來看小荷葉，淡青，
拿沒有熟的桃子畫在水心。

十四行

意體

一

一個一個的人．就中蘊藏
有無限的情與無限的力．
衝突着他們摻合在一起．
再沒有相諧成美的時光……
不仁的神道大笑在天堂．
俯視着他們所手編的戲．
永遠的風魔着沒有停息．

自從生命開了端在水旁。
不如拏生命去賣給撒但……
不！撒但便是神道的化身．
神道的反面．神道的奴僕；
儘管兜着圈子．到了中途．
他會將你拋下來．一個人．
在他們的前面．逗起狂歡！

二

我情願拿海闊天空扔掉。
只要你肯給我一間小房——
像仁子蹲在果核的中央。
讓我來躲避外界的強暴；
讓我來領悟道生之大道。
脫胎換骨，變成松子清香。
核桃內豐外嗇，杏仁潤涼……

有的去給世人越吃越要；
有的，趁陽春飛越過山巔。
那時候，生根著葉起來慢。
很慢的，……百年後他伸手爪
（他高呼低喚在黑夜白天）
要抓住那青，成年不變換。
與那硬，任風在四邊騷擾。

三

我把過去摔在地上。教它：
你泥沼裏去罷！本來泥沼
是你的老家；你不要再吵
鬧在耳邊……它卻仍舊哇哇
作癩蝦蟆的笑聲；它緊抓。
緊抓住我的腳。兩目奸狡
如蛇的釘住我。我不能跑。

我不是懦夫；我也咬起牙。
歪下頭去看……我一陣寒噤：
因為這個醜物已經變作
我的模樣。正在一套一套。
變着各種的形……這時徧身
我出汗。怒抖。整顆心像割；
我暈了……它又鑽進了心竅……

四

你還藏躲在冰凍常虧缺.
彼陰影遮滿的月亮當中
一個老賊呀!你趁了朦朧
睡眼時.拿繩子打成死結.
牽了人進牢……牢裏有刺血
而沸的寒冷有惡臭烘烘.
那是癩蝦蟆吐的;有苦工;
有百衲的虛偽……唉.那雙闕
連雲氣的外表眞像宮殿.
誘引得人世的少年.女郎.
你擠我的.都向牢門躦趦……
還沒有天狗來咬斷鎖鍊;
只聽到牢裏在詛咒發狂……
咦.愚人!他早聾了.那惡棍!

五

忽然我想起昭君．她不顧
在後宮裏埋沒．爲了一天
榮耀．甘心用塞外幾十年
牛溲馬勃的生活來交換。
世間有的是那賭徒．醉漢．
色鬼．爲了一霎那肯把錢．
力銷耗盡……到斷氣時．楊爵

有「不滿」彷彿在向他笑看；
「貧窮」「疾病」整天的在身畔
守望着不離開．聽他呻吟
（鬼魂似的不作聲．瞧不見）……
有時「迴憶」也湧來．却黯淡．
不像是他那嘴曾經密親．
他那手曾經密把的物件。

六

誰要走朝陽的路．去三山
尋不死之藥．他必得拏舵
交給方士．長久望星的；莫．
切莫拏它交給童女童男……
帶他們去．並非爲的航船．
是爲了藥草深藏在寥漠．
「天眞」可以看見不須尋索．

凡人．任多麼跋涉．總盲然。
去了．才知道何以那拋妻
祿的徐福情願在東海濱
那縹緲的山上一生迤逗，
秦始皇帝可以南登會稽．
北登嶧山．可惜他想靠人
尋藥來替自己延年益壽。

七

那天我跨進了壯年的門檻．
瞧見人生在我的目前袒裸
無遺的現出眞相；驟然間．我
瞠了目……這同夢想差得多遠！
失望仍然失望；同時．這簡單
示見了唯有一個同趨之所
在這世間上．那人事的繁夥
是路．那迷目的外表是遮攔。
可珍的是那夢想．我決不能
拏它捨去。它走的路與凡俗
同方向；它的歸宿却在上方。
自古來．新生鼓舞起的哲人．
他不顧徑中有訕笑與埋伏．
他的眼睛一直在觀看太陽。

八

古代的書說．女鬼能在凡人
那想像的雙目前變成妖豔
蕩心意的容貌；不過到三遍
雞啼的時候．要是還不放行．
她．黑暗之女．就會現出原形．
撲上來．抓住這人．撕成肉片。
這兩面的女妖．今朝我發現．

並非虛構．她實在便是人生——
聰明的人．在幸福不告而來
到身邊的時候．欣欣然接受
並享取；到了她告辭的時候．
他並不去強留．因爲他明白……
可憐的是癡人：這幻影他要
留下來．他不肯聽一聽雞叫！

九

我有一顆心．她受不慣幽閉．
屢次逃了出來．向過路的人
歌唱．好像孩童在歡樂擅門
那時候．遇了人便傾吐喜氣。
大了．她明白了．當時的失意
與惱怒都是稚態．別個那能
不拏這異樣之物．來得無因．

抱起來耍．或是閃了身躲避？
從此．她守着幽室．一顰一笑
只讓自家看見．也只讓自家
聽見夢中的囈語……要知道．她
原是生物．有時免不了要叫
喊出獄中的痛苦；她却不容
這心聲送到陌生人的耳中。

一〇

辜負了這園林中的淸氣.
從前只有麻雀.力竭聲嘶.
依然唱不出佳妙的歌詞.
與鵲鳥.流俗般披着俏麗……
今天你來了這枝頭黃鸝.
只是矜持的將你那調子
唱了.並不曾拏尾端的紫.
身上的黃來賣弄着梳齊。
在翠氛中.你如今是想念
什麼?可是那鳳凰的國土.
你離開不久的?詩歌之友.
你要知道.這裏有那飛舞
在半空的鷹.將戰聲高吼.
威嚇着.不容你在此留連!

二

誰都道這是沙漠。唯有駱駝。
那迂緩的沈默在踏步前行；
前面有綠洲麼．它不敢相信．
它挐袋子珍藏起泉水一勺。
「毀滅」在這裏安了家：那作虐
為非的颶風是「毀滅」所親倖。
它能立起柱子來取悅．它能
把高峯推倒了．立刻變平坡。
可欽的是摩罕默德：他坐在
天篷下望見了樂園的倒影；
他起身上馬．領着他的信徒．
一班虔誠的壯士．向那仙境
疾馳而去了……他們留下凡夫．
與駱駝在漠中一世受天災。

一二　悼徐志摩

突然你退臺了．火神鼓風
捲去了羽翼之下的詞人．
「花間集」的後嗣！那些愛聽
你吹笛子的有萬頭攢動；
他們聽一縷心情由七孔
洩漏出的時候．替你酸辛……
也有人議論．說是你本身．

並非笛子．在那兒受搬弄。
我這臺上的怎能不長歎．
這率爾前來獻醜的絃管．
已是寒傖．又銷沈了一個！
到明天．我們的來客定準
要受那一班去聽「玉堂春」．
看時事電影的人們奚落！

一三

這麼一件殘缺．連我自家
都久已灰心了的．咳．朋友．
想不到你居然來了．拏手
托起來．撫摩徧它的亂疤!
或者．風雖是吹．雨雖是打
在這個肢體上．佈滿了鏽．
蹄子雖是來踩踩缺了口．

那實質．堅硬的．依舊無瑕。
那麼．便由你放它在案上……
!不要放在書箱底下;殘缺
與完整本來不可以齊排。
放它在書箱裏．除你而外．
更沒有人看見．省得他咧
眼睛．那時．你也替我心傷。

一四

有一首詩懷在這顆心裏．
教我甘心輸引春的滋長
與秋的成熟來拏她培養．
培養着她的天眞與美麗。
一直到生命運成了周期．
爲了她．我不能容許思想．
行爲的高位上坐着尋常……

我的孱弱要扶持呀．上帝！
你給我的生命．等到悔悟．
已經被稚性蹂躪得無遺——
如今又給我詩，你的恩惠！
放心：那無從補救的前非．
它在提醒我．只有一條路
在前面了……我不能再自棄！

一五　凍瘡

不見十多年了．我們又重會．
這切膚的親熱還一似當先；
不同的是．如今我知道留戀．
在冷落中留戀着你的相偎．
這其間．有許多熱已經高飛；
有許多希望已經遮起笑臉……
剩下我一人．在這空的冬天．

想着拋去的半生．憂傷懊悔。
春天我不要瞧見它：那暖風
會來搔我的臉皮．低聲嘲弄．
說．青春．幸福．如今去了那裏！
還是你多情．又溫暖．又淒涼．
不忘記我．悄然的來到身旁．
將沈滯挑動了．點燃起記憶。

一六　情感與理智

在一場奇特的夢裏．我瞧見
軀殼中化出來了一雙自我——
美麗．天眞．左邊的她正唱歌；
右邊的．光芒繞體．他舞寶劍。
那護身的白光闢照到四面．
不容煩惱灑的水絲毫透過．
同時．煩惱澆上了音樂的波．

那情調更豐富．節律更莊嚴。
這一架的殘剩我毫不關懷；
儘由你們去分了．「人生」「破敗」！
你們抓不住那永恆的一雙……
雖說他們的途徑各自東西．
唯有在天空上．唯有在夢裏．
歌聲才叫得應那劍影低昂。

一七　兩我的爭論

「人世間所有的都是些圓道。
一個丟了．你還要踏上一個；
重複無聊的生命該你去過。」
「但是有些路在陰沈下圍繞；
有些摟着光明．看花思媚笑。」
「太陽亮的時候．只聽你嚷渴——
冬天．你才知道．它便是快樂。」

「至少我能有迴憶．照着寂寥……
不曾見過有黃鸝變作鸚哥：
天註定的．我該走這個圓道——
它便是我的生命．我的快樂；
只要它勻圓．那怕珠子樣小。
天可憐！這牢籠居然也擺脫；
我又能自在的啼．自在的笑！」

一八

任人去選：柔；戰鬥的剛。
「紗·但」是我所奉的主義⋯⋯
柔軟的，好比那絲綠意，
向着東風我索得了光。
那朵雙瓣的紅教我狂；
好比電光閃入了大氣，
鑽進心竅的那縷消息

給我緋紅又給我焦黃。
最新也最舊；不比其他。
這主義，只須世上一天
還有活人，它決不動搖⋯⋯
不信，去問那循環的草；
去問地心的那團火燄——
最好的還是，問你自家。

一九 Hawthorne

如其我能有你的那座苔屋。
日裏在廊前看暖色逗清幽；
晚上讀書。或許。陪伴着朋友。
聽栗子與柴薪對語在牆爐……
如其我能有你的深沈雙目。
與但丁的一樣。在蜂翼。花頭
看見死去的蜂。花裸裎。顫抖。
又看苗條在已朽的根株……
如其我能像你那樣。看人生
像看晚景。知道那光華。形象
只是日神在天上故弄狡獪；
只是一霎那的。那蟲聲似海……
等到他去了。唯有雲氣茫茫。
或許。好些。有一輪皓白東升。

二〇 寄夢葦子惠

為詩神你們犧牲了性命；
她可曾撒開手給了什麼……
她一定在肚裏暗笑呵呵．
蔑然望着這愚魯的虔敬。
當然神的尊嚴不好侵凌；
同時．她也是女子．在寶座
坐退了虛榮心．她也饑渴。

她也需要撑持．最愛談心。
要偉大先得成功：要好詩．
你先得溫柔的．把她抓住；
抓住了，盡量的你不妨要．
她自然會給你（馴伏如貓．
體貼．有如楊貴妃的狸奴）
給你變幻．光華如月如日。

二

這條江．雖然半涸了。還叫汨羅：
這裏的人．或許還與當初一樣；
這白雲裏暮秋時令的白太陽
還照着，不知在何處．你的魂魄。
你留下了「偉大」的源泉．我慶賀；
我更慶賀你能有所爲而死亡．
好比．向了大湖．蜿蜒着這波浪．

目標總不變。雖說途中有頓挫。
在你誕生的地方．呱呱我墮地。
我是一片紅葉．一條少舵的船．
隨了秋水．秋風的意向．我漫游。
那詩靈〔他便是我的宗主．皇帝〕
是前路如何連自己都不了然——
雖說他已經給與了鰱鯉．浮漚。

一三

擇着六十塊圓璧。魂靈呈獻
在人生的龕上有眞也有假；
有精也有粗。那雕鏤成的花
盤繞過小周的月。大周的年。
並非無量大的。這廟宇莊嚴……
衆生的敬奉雖是全都收下。
存留的却並不多；它們懸掛
在楹柱上。或是佩帶在胸前。
不作恆河的沙。長此有圓璧
（這是多麼可欽！）陪侍着芬芳。
光采恬靜。長此供後人瞻仰；
魂魄也能燃着碧色的燈籠。
常來眺望往昔的辛勤。幻夢。
一直到全身頹圯入了汙泥。

一三

沒有出息的是人。他需要熱。
雖說是惱人痛心的那冷靜。
非得無聊了。沒有地方談心。
他決不靠攏邊來搖動脣舌。
雖說睡眠有妻的一切賢德。
人並不拏它作目的。只是憑
倚着它把今天的勞碌洗淨。

再作準備。好享明天的煊赫。
死。日月的兒子。睡眠的生父。
有些人厭避。因爲它是結束；
也有些人追尋。想着拏最後。
不可避免的冷靜。改頭換面。
化作最高的熱。人眞是可憐。
他要用罌粟花點綴滿墳頭！

二四

潮汐的血仍舊敲開了紅門
又帶攏．你仍舊跳着像當初——
你並不會死去呀．！心是何故
你化成了崖石：任水沫狂噴．
任波濤鼓着長舌雷厲的問．
你總是冷然不答．昂然而顧
那渾圓的天．在衷曲裏企慕

它那尚不會推測出的底蘊？
除非是烈火．那在你的根株
底下跳盪着的．循由了脈管．
將你胸膛裏的美噴成巨花……
那天會來麼？……如今．只有研叙
與冷漠流露在外；以及溫泉．
它略爲指示出了你的豐富。

二五

在這個世界上．談不到眞僞．
善惡；我們只能說有美有醜——
連這個都是憑了主觀．儘有
你認爲是醜的能將他迷媚。
美麗必能給與愉快的滋味；
那靑天．暖陽．花草．少年．享受．
就是行徧世界．他們都異口

同聲的說道．這是美！這是美！
便只有這個標準．人事與人……
全眞的人古代也曾經追求．
却一無所獲．並且．該的．捱笑；
沒有全善的人．也並不需要……
有全美的人．並能永遠存留．
只要你的心上永遠有愛情。

二六

如其有一天我不再作小鳥。
迴旋在溷濁的最下層空氣。
只聽到人類惹是非話柴米。
只看見人頭上茂生有煩惱！
如其有一天我能化作鷹。高
飛入清冷的天；在雲內滌翼；
追隕星；對太陽把眼睛瞪起。

要那無上的光明向裏面跳……
下邊。我看見有洋海在呼吸；
大江。小河一齊蜿蜒去心臟；
山峯挺着她的奶。孳育羣生——
也偶爾自人境飛上有風箏。
向着天與日發出鎝聲嘹喨。
在生機蓬勃的時候春天裏。

二七

我向你們致敬了從前與現在
與未來的一班偉人!爲着理想.
你們犧牲了性命.生趣的安享——
雖說愈剷除愈多的是那障礙。
物質差不多全被征服了;將來.
那生命.玄祕.矛盾.一面能頌揚.
一面又該詛咒的.朝了新方向
在你們的手中也要完全更改。
縮地.飛昇.與許多古時的幻夢
已經創造成實體羅列在眼前——
除開一種.便是一種.長生不老……
在如此的世界.長壽並不需要.
除非只有偉人存留在宇宙間.
高擎着理想.卽使摧毀了天空!

二八　W·H·Davies

我還比你好些：雖說就世人
看來，由地位上我已經墮落
有許多階級了……我仍舊是我，
一個作詩的，不靠貧富分等；
我還比你好些：那冷雨的繩
在荒野上圍住你無由擺脫，
它還沒有落上我的身，雖說

我已經認識了，風與人的冷。
我還比你好些：暮色的絕望，
那一種無憑倚，無歡的感覺，
我還沒得有心地好的朋友，
男的，女的，不單用心還用手
來扶助——不是我，那原可忽略，
是詩，她落了火在我的身上。

二九

這許多百衲衣．草簍．長扁擔．
鱗比在甲板之上．有如螞蟻．
不知有多少頭．漂泊於水際
一片葉．逃着不知什麼災難。
當時何必生育得如此的繁．
生下來供給寬裕人以歡喜．
替「貧困」揚眉；始終數十年裏．

免不了奴事着齷齪與艱難．
有的是風浪來與生命之舟
作對……要靠純鋼．憑不了朽木．
光耀的．生命如欲達到歸宿。
不能螞蟻落水；要鯉發龍吟．
要豎起旗杆來作萬里之游．
與風濤．冰雪爲儔侶的大鯨。

三〇 Dante

自問我並不是你．酎耐境遇
逼我走上了當時你的途徑；
開始浪游於生命弧的中心．
上人家的後樓梯．吞着殘餘。
中古時代復興於我的疆域．
滿目是「紊亂」在蠕動．在橫行．
因爲帝國已經摧毀了．已經

老朽了儒教．一統變爲割據。
你所遭的大風暴久已渙散；
汙穢瀉下了九層地獄．九重
天更是晴朗．九級山更純潔……
在同樣的大風暴裏．我欹斜
如一隻船．難得看見在雲中
懸有那行星．引着人去彼岸，

三一　玉皇山

到頭來還不都是人造的偶像．
無論是玉皇上帝．佛!亞拉．基督．
還是愛國與平等．科學與藝術．
以及任何物．凡人類所能幻想——
何必枉費了如許的錢財．信仰．
又何必去修．去登這盤曲的路．
與那牽了人不放的力量相忤．

山頂上如其只有空洞的喬皇?
不然!那開朗與新鮮;那片江水
在日光下冒起銀色的小火燄;
那白牆黑瓦紛擁着一片浮漚;
甚至於那疲乏．健康的好朋友——
這些都羅列在朝山者的面前
作天賜．宣示他以無上的智慧。

三二

只是同樣的山嶺。迴旋
在這裏便增添了聲價；
因爲有春天留戀着它.
「美麗」也安有一程驛站。
湖裏的便是岸上的山；
不過那青翠倒影而下.
在水裏顯得生動變化.

像戀愛的形影在心坎。
要翠環映出白的手指……
沒有山.這湖水在薄暮
由那裏去染嫩綠.藤黃?
由那裏.在山餘輪廓時.
去尋這一片烟.像綃縠
在迷離的水面上飄揚?

三三

三十年的舊帳一筆勾銷.
金貴的是光陰.不能浪費
在簿上.去查米是便宜.貴.
油.鹽.菜今天是吃了多少。
三十年的經歷却要藏好.
那便是你的資本.與這對
血脈.這團金不換的腦髓.
這些骨頭.天賜與的大條.
自從那根臍帶一刀割斷.
赤裸裸的.你便來到世上。
一個渺小的單位.數目.零;
你的價值如何.要瞧環境
可排列其他的單位在旁.
還要瞧.他是如何來計算。

三四

作詩的原不該生下.
應分的我受盡羞辱.
又吃世間各種的苦——
比起有些人來.還差。
詩神的侍從.我不怕
遠離了作一個凡夫;
這天賜的舌頭說出.

並非我的.是她的話。
旁的我並不敢希望.
只要這番堅忍.詩神
能以知道.是爲了她。
我也不理會人唾罵
爲一個乞丐:向神聖
只好去求.不能勉強。

三五

一間房．不嫌它小．只要好安居；
四時有潔淨的衣服被褥要暖；
下雨的日子．一雙套鞋．一把傘；
一頓飽餐．帶水果．菜不要鹽鬢；
舊書鋪裏買的．由詩歌到戲劇——
文學以外的書籍．與到時也看；
最重要了．寫詩．作文的筆一管：
它是我的生活．也是我的歡娛。
不受歡迎的是疾病．炎熱．騷擾。
攘奪受我的詛咒！零星這幾件．
辛苦中得來的．自己還要理會．
旁的我並不企求．也沒有需要．
除了中等的烟捲．够抽一整天……
常時的在夜裏；七月．冰膏一杯。

三六

哼着。電車來了。好像是埋怨
兜了一天的圈子還不休息；
它走過去。好像是閑在鍋底
一竈光明的火。炒菜。煮晚飯。
汽車好像是舞女滑過地板。
身披着光澤；透明的。在車裏
安坐有行旅。富庶或是游戲。

照了他們的話。車開駛。停站。
火車。在夜裏。呼聲特別的高——
玄秘。朦朧的時候。雖是奔走
於刻板的軌道。也覺得上勁
好像是打哈欠。偶爾叫一叫。
輪船。蹲伏在水面。伸出舌頭
向了高飛的月亮。向了衆星。

三七

給我一個浪漫事！不論是「兇狠」
與「罪惡」安排起圈套等候「理想」；
還是漂泊在遠處．沒有人異常．
只有原始的「破壞」．「創造」在混沌；
還是神仙．未來．希望者的乾坤……
只要一個浪漫事．給我．好阻擋
這現實．戕害生機的；我好宣暢

這勇氣．這感情的塊壘．這糾紛！
樹木．空虛了．還是緊抓着大地．
盲目的等候着一聲雷．一片熱
給與它們以蓬勃給與以春天……，
自然不是來享福的．活在地面．
「淡漠」之領域；不過．這心在旅舍
要住六十年呀！那麼．給它勇氣！

三八

受佑了．醫藥！人類的讐敵．
就中有唆使痛苦與溷惡
來蝕體．戕生的一個妖魔．
什麼都降服不了．除去你。
你的祭司儘有一生不息．
守望到深夜中．以求解脫
入世間苦惱的．他們證果

爲呵護四方的大．小神祇。
久已銷滅了．他們的肉身；
却有籤．有聖水留在龕上．
百無一爽的．來超度苦難。
你的旨意也有僧侶廣傳．
說．有求者必應；但是自強
不息的有靈光照在頭頂！

三九　George Bernard Shaw

神聖的喜隽！望着這片故土．
你的那雙老眼或許要奇怪．
這麼奇特的一個中古時代
在搬演秘斯特瑞；或許也不……
只湧現了儒家．道家的一幕
於烟霧中；以及唐朝的光采；
以及文化的磨銳利提．存在

而沒有生長．阻折了在中途。
不多時．倦人的悲喜劇將有
又一場開演；它的插劇．你看……
開闔在招手……那是狄司的門……
七級的山下．音樂也有亡魂——
脚底下是深穴．風在嗥在喊——
他歌唱着．你所熟諳的節奏。

四〇

是呀．親愛的．世界是如此淡薄……
並且如此忙亂．像輪上的輻木；
越忙越熱．它們在旋繞着車軸．
那便是錢財．生活的主宰．惡魔！
不要望它了．天排就的這大錯……
還有另一個車輪．情感之幸福．
也是天排就的……不然這條道路

如何去走．且不用提遼遠．頓挫．
各有各的車輛．雖是異於年代．
形體。當然．親愛的．那制作不良．
照管不周的值得我們去歎息；
不過．誰來歎息我．誰又歎息你．
要是——當然．那決不會！——在情感上．
生活上——那可能——我們有了更改？

四一

這便是戰神.「破壞」的長子.
所留下的浪漫!事有窟窿.
明的.暗的.瞪視在骷髏中.
對了空虛.光亮.想着心思……
是那夜.火燄窒息到要死.
那摟抱給了你瘋狂.劇痛:
還是.憤然.望着樹的虛空.

再一度的.你要嫣紅.姹紫?
最慾旺.最繁殖了.那「破壞!」
便是太陽.都要讓它一半……
這幾千年的埋骨地.你瞧!
天地間的美麗.眞實.良好.
都要受它的蹂躪.除非喊
叫出戰聲.不顧成功.失敗!

四二

可狂喜又可痛恨的．情感！
如其沒有你．冰期在天下
儘管來往．不會有人．怕它．
由泥土之中將文化發展；
如其沒有你．今日的人寰——
幸福已經在頭頂上啞啞——
也不會在水中儘是敲打．

沒有空手去抓住．只好看。
是由你的手中．過去生長
爲現在……你還要主有將來。
冷臉的．你瞧着匹敵．理智……
他的計謀儘管永無底止；
你的也一樣……寧可給破壞
得了人生——你的主權．不讓！

四三

你這個鬚髮皆白的老漢「寒冷．」
沒有半絲生氣！向着你我一看．
血液便凝滯了在手腳的脈管．
又傳染到了傷風．可惡的疾病。
自家老朽了．來忌刻壯旺的人。
一聲不響．你只是打噴嚏．吐痰……
我的頭腦膨脹了；四肢在發顫；
眼睛熱；握起拳頭來．我蹬腳跟。
你好像外邊的樹木枯槁．羸瘦……
夜裏．我躺在牀上．想起你不眠．
雖是蓋着厚的絨被．想到這裏．
我一身都溫暖了。只希望永久
你便是這麼躺着……那時刻春天
是要歸我與樹木．還是要歸你？

四四

攙着自家的孩子，在這春天，
一同去曬太陽，吸花香草息……
他抽條，長葉，在溫和的氣裏；
我作山，帶着他，開朗了容顏。
又笑又說話，他是鳥聲的尖，
是石卵的圓潤，是溪水的急……
康健灑上了身來，一點一滴；
還有快樂，它駘盪着在身前。
循環的生長着，時與人與物。
雲不見了，憂慮也已經消散……
我仰起頭來，歌頌圓的蒼蒼。
不用知道，他自己便是「生長」！
到將來，又一遭的，他也要攙
他的孩子，在春天走這條路！

四五

這一顆種子．天用手指挐住；
除去扁圓而外更沒有形象．
渺小．輕——一下拋落了在地上．
深櫻色便吞進了深色的土……
土壤要是膏腴的．挐這微物
來培養．要是有春雨．有太陽．
它便會膨脹．會發育……那時光．

便是天的意旨．也不能攔阻！
有許多的偉大蘊藏在渺小。
五穀是神工。花兒肌理細膩．
噴出了濃香將人．蝶給醉迷．
樹木紛披着亮晶晶的綠袍；
或是塔一般．它的株柯十抱
將生慾高舉到天的視聽裏。

四六

上燈時候的都市！通衢大道。
假寐於晌午的。都醒了回來；
鉅大的螢放射。流動着五采；
車輛擠着車輛。在瘋狂。喊叫；
鑼鼓聲中的廟會。兩旁紛擾
在行道上有無量數的腦袋。
給光華迷眩了。醉了……那樓臺

上面的夜在深。深；有誰去瞧！
好像是崖旁。在炎熱的地帶。
嘶鳴着的斑馬馳回過茂草。
又像是大樹。頭上頂着雲靄。
在踊躍的炬光中；刀槍。珠寶
與血液在瘋癲。鐃鈸在震駭。
鼓在澒洞……蠻荒的一夜舞蹈！

四七

並不會徵求同意，生到世上……
號碼已經印好的一張彩票
便是遺傳；環境呢已經排好——
多半的時候，命運有車在將。
聽從擺佈，童年是沒有話講；
學徒時代的光陰多半虛耗；
獨當一面的還算時來運到。

雖說有的是口舌，勞苦，強梁。
黃金的情感，思想，快點藏起！
社會，撑着踉蹌，遲慢的民船
來載人的船戶，他慣會謀財。
徼幸，沒有被他，被風浪謀害；
得你吃够了魚腥，「死」在江岸
又等候着……他也不徵求同意！

四八

一，二，三，四，五，六，……因爲不眠。
我用了億兆人用的公式
來給夢神算路……七，八，九，十……
我數完了一百，又數一千……
再而三，三而四的儘遷延；
但是幾何，夢神他總不齒。
擺起無窮大的架子，像是

我等於零，我等於小數點……
這個難題教我頭腦發漲；
焦躁的銳角亂刺在心坎——
像是閉十的牌抓到手上；
商家在交易所賠了鉅萬；
一，二，三，四，的兵開到前方。
心七上八下的，一隻算盤。

四九

不須柳浪聞鶯：只要春初．
微風欲雨的時候．儘欹斜．
儘飄拂着柳條．不曾著葉——
只是許多絲綫穿着香珠；
只是齋中書格旁的麈拂．
望着檀末的烟裊入深夜；
只是絲縷．在西施那一撚
如蜂的腰上．隨了她曼舞。
雨不來；只有一薄層的烟
遮掩在羣峰之上．是畫圖．
年代久了．蒙着一層雲霧。
由蒼壁轉成水銀了．湖面
已經空了游艇；薄暮的天．
是玉盒蓋下來地的薄暮。

五〇　Rabelais

並不是因爲你生在古代，
也不是因爲你忽略人生——
慾望，神話中的那個巨人，
在你的書裏呑山也呑海——
道院這名稱你所以拏來
刻在楣上，這裏面有很深，
很遠的用意。還有那院名

也一樣。你的書像「奧第賽」。
同時又像山羊腿的神祇
所吹的一隻曲：矛盾，紊亂
沸騰在遒勁的節奏當中；
脚下是青草，頂上是太空；
在古代；樂調，許多的海船，
飄揚進了永恆的水聲裏。

五一

橫越過空間的山。時間的水。
向你我們呼出了最後的一聲……
從此我們是依然分道而行。
像從前那樣。沒有溫柔。陶醉。
你受祝福了！……只須登涉崔巍。
月明人靜的時候。你能實認
這眞的我。何以到今日才肯

喊出來這最先。最後的一回！
慳吝的命運。人怎麼去埋怨？
這百紀的賰受中並無美滿——
何況是他挐這美妙的形象
給與我了。時光愈久愈溫柔！
永別了！呈與你的只容我有
這一聲遼遠的。鬱結的瘋狂。

五二　何默爾

啊，盲目的先知者，看見光明
在黑暗之中，分不開，二而一；
又看見那一身兩面的神祇，
與頂禮膜拜者的聲調，形影。
一個聲音生的，便只是聲音——
你歌唱出日神所宣示的謎：
說遠征的「熱烈」是如何快意，
「智慧」的歸家又是多麼艱辛；
說人生開始於美麗的攘奪，
說人生終結在另一種美麗，
中間是風浪，屠宰，瀾濁，鬆弛……
如此，遵照了神祇們的意旨，
它完了……至於他們的那遊戲，
盲人，你並不知道怎樣結果。

五三

雲靄升起於太空了。水面
有蜻蜓低舞；喧噪着烏鴉
像樹葉在深秋旋繞而下；
草坪在風內急劇的蹁躚。
我的太陽已經行到中天——
可是．陰沈着．並沒有光華．
蒼白的．好像睡眠在牀榻．
悄然無語的病人那張臉。
過去是一個悠久的晨間．
同時又短促；也聽見鳥啼．
也看見太陽蝸行在窗上。
在如今這時候．正能默想
已逝的溫柔．成灰的友誼．
以及將臨的暴風雨．來年。

五四 Don Juan

或許最浪漫的你這個怪物
同時也便是最忠實於人性。
人本不是神祇。那永恆的精
超出了他的能力。便只有粗
與霎那的精爲他所能。所鶩——
便是神祇。人類的較大形影。
也是永恆的在捨了舊趨新。

永恆的獲得不着圓滿。厭足。
人與獸或許沒有多少懸殊。
高越的理想永遠還是理想；
好容易造作成了。又去毀滅……
赤裸裸的只留下本性。急切
要暫時的滿足；是一陣瘋狂。
一上了身。連什麼它也不顧。

第四编

散文詩

一

「進化」走着她的路。路的一旁是山。骷髏與骨殖堆聚成的．冷得．白得像喜瑪拉亞高峯上的永恆不變的雪；路的一旁是水．血液匯聚成的．熱得．紅得．像朝陽裏的江河．永恆的流動着。但是．她的道路上．她的衣衿上．她的頭髮上．她的面龐上．她的心坎上．是花白的與紅的。

她唱着她的歌。歌詞沒有一個人一頭獸．一隻鳥．一條魚．一個蟲．一棵樹．一塊石能聽懂；但是．在她的歌聲之內．他們鼓舞起來了……一面．他們自食．互食。

由飛蛾一直到愛因施坦．或是飛越過赤血的河或是攀援過白骨的山．他們輻聚來她的身邊．瞻仰她的容顏.來膜拜.來捧呈上他們的貢品。

幸福的是他們.那些得到了她的一笑的；他們.從此以後.便有太陽的熱烈與月亮的冷靜永駐在他們的心坎上.以及星辰的燦爛.在他們的思潮中.聲響中.以及天河的優美.在他們的姿態中。

略不停留的.她走着她的路.口裏唱歌。

看不見她.何默爾揚起了歌聲.在

黑暗中.悲妥芬迴憶着她的光華的節奏。米克朗吉婁爲了她銷瘦.廢寢忘餐。達汶契失望了.擱下了他的已經提起有一半的筆。

向了天邊她走去.向了虹的路。

儘管地震.儘管有彗星撞來.她的歌聲.是再也沒有停息過。像天河一樣.她行走着她的永恆的路.在白骨的山坡上.在赤血的河旁。

散文詩

二

我頌揚一切的「偉大」！

它們是太空中的許多太陽。在它們的熱烈的擁抱之下；我們生育在它們的光華的瞬視之下。我們生長。

它們來了。一切都改變的形象。在一切之上。有「美」的光輪在燦爛。

生存在它們的氛圍中。是幸福的。沒有萎靡；沒有迂滯；沒有渺小……沒有一切的「偉大」的對象。便是雷。便是風暴。它們「偉大」的反面。也是偉大的。

在詛咒着你的聲響中。同時我們頌揚——啊。「偉大」。我們愛你！

我是一片青草；我是一片綠葉。

我是小溪。我是江河裏的一個波浪。我是洋海中的一朵浮漚！

原书此页缺页

原书此页缺页

切的「一」一切的「光明」之中我驕傲。

給我憤恨。我好來憤恨一切的「一」一

切的「光明」的讐敵！

第五编

陰差陽錯（詩劇）

人：

男——畫者，

女——他的愛人。

畫者之母。

景：

臥室。

男躺在牀上。白被單蒙起了頭部。女坐在牀沿。母坐臂椅中。

女　（揭開被單向着死者的臉瞪視了許久。拏出提琴來。站在牀邊。奏挽歌一曲。）

哪！這是你喜歡的一曲。在生前……
我還記得你當時靜聽着的臉。
也是這麼遼遠。也是這麼嚴肅……
這是最後一回了……除非在墳墓

前頭．我再來奏給你聽！那時光．
這一串乳白的情感在節奏上．
你聽得見它麼這黑色的悲嘶．
隔了一層青草的土？…你當眞死．
死了？…不！我不相信！在我的心裏
你還活着！這熱烈．這一腔情意．
與那聲腔．神色；與那許多的吻—
這些都還抓住我的肉．抱住魂．
不放．一直要到我死的那一天．
它們才會鬆手！並且．在人世間．
你還留下了這許多的畫…放心．
我自然會保護．這些你的性命．

母

這些你的痛苦瘋狂．它們同時
也就是我的。到將來．總有一日．
像許多畫家那樣．人家會了解
你的眞價．人本來是這樣：黑夜
來了．他才想白天；老了．想少壯；
畫家死了．他們才會歎息．誇張。
用不着他們誇張．也不須歎息—
他那裏聽得見？徒然苦了自己
一世．沒有享過福．還要替我們
日夜操心。這麼幾張畫．我要問．
就能够換去我的一個好兒子？
兒啊！我看見你生了．又看你死？

或者有人看中了．要買你的畫．
但是．我在手裏怎麼能收得下
錢．拏你的性命換來的？

女　不要哭．
婆婆！不要哭了——要是這樣稱呼．
我向來沒有用過的．你聽得慣．
我就這樣稱呼罷——已經有兩晚
你不曾睡過好覺了．你老人家。
下午又要勞神；我攙着去樓下
歇一會．最好…

男　（在女來蓋起面部的時候，睜
開眼睛。）
路好遠啊！

女　呀！…怎麼！…
媽．來看．他活了．素心又活了！

母　活！
誰？素心？

女　活了！又活了！

男　二妹．你來…

女　我不行二呀…他自己沒有…奇
怪…口音也不對…啊。想必是才
甦醒．神氣還不清爽…

男　你們是誰？

母　（與女）

素心！

男　〔有女扶起身來，靠坐在牀上；
　　母端過水來，餵他。〕
　　不敢當。這些事情可以叫喜子。
　　兩位貴姓？怎麼知道我的名子？
　　多麼甜，多麼爽神，這一盃白水。
女　這是媽。這裏並沒有你的二妹，
　　如其是真的，你當時的一番話——
　　你醒過來了麼？這是我，這是媽。
　　不能夠把自己的母親，這三天，
　　就忘記掉了？我倒還沒有改變，
　　在這三天裏面。

我……我也是女流……

男　這位姐姐，你為什麼身上發抖？
　　這裏不是陽間麼？我還是陰魂
　　在陰司裏麼？這裏又並不混沌……
　　怎麼？這是誰替我換上了男裝？
　　這雙手，怎麼與我的完全不像！
　　這是誰替我戴上了結婚戒指
　　在這裏？……那決不可以……絕對不
　　是……我是一世不結婚的；你們
　　不必來勉強我。上一回，由顏料
　　包裹，我不是化服了藤黃麼？這
　　一回，照樣的我還是要化服它。

除非你們答應了我．一世不提結婚！

（想可是取不下戒指來。）

女　你不頭昏了？

男　我的頭已經不昏。

女　你剛纔的一番話並不是夢囈．是醒話？

男　除非是我還在陰司裏。

女　那麼．這是你的戒指．現在退還。

男　這是什麼意思？奇怪……

母　讓我來看．湄波．你不要忙。說來你會不信——從前講．凡人的壽限早已註定．陰司裏不能夠增加．也不好減；要是勾魂的鬼差．錯了．在陽間攝去了壽限還沒有到的魂魄．他們必得要放回；有時．再一錯．男魂便會復活在女子的尸身．女魂復活在男子的。這次多成也許是這樣。貴姓？

男　車。

母　啊．車……果然！我猜對了；我們的韋字．你驟看，不是像車字麼？府上那裏？

男　北平。

母　原來就是本城裏。現在我請您
把家身詳細說說．要是您的氣
已經歇過來了。不用擔驚．著急．
這裏是陽間，是北平．不過我們
姓韋．並非車府上；想必是還魂
您還錯了；素心是我的男孩子．
前天過去的…這都是鬼差．該死！
誤了事。

男　…不好！我穿的這是男裝…
這怎麼辦？在一個男子的身上
我還過了魂來！啊．啊．我的災難！
這一身男子的衣．我要是不穿．
我又明明的是男子；要是穿着．
我又擺開不了這閨女的羞縮
在心裏．天哪．連死都不能自主？
我不要活了．偏偏還教我吃苦—
如其是不該我還陽的那麼天．
你這番差錯眞是殘忍的作踐．
無論是你有意這樣還是無意…
我的家身麼？我不情願再重提．
除開了這一句．是我不要自家—
肯讓人知道的．我又何必自殺．
在當時？每人的心裏可不都是

藏着有一兩件事情．只讓天知．
地知與己知的？那麽，請不要問
我的前世；還要請不必去追根
究底…既然作了男子了．活一天
就有一天的末了事…媽．你睡眼
朦朧了！應該回到房裏去休息
休息一下；這三天也累够了你。
我知道。—湄姊．您可以坐下談心—
不過我倦了，只好您談．我來聽。

母

你想把我們賺開麽？那不能够！
你還是我的骨．也還是我的肉．
雖說魂魄不是了。雖說是聲音
好像小生．又像扮鬚生的坤伶。
兒子是已經丟掉一半了；還有
這一半．我決不肯輕容易放手。

女

你自己才眞殘忍呢，怎麽能說
天？不管是有意．還是無意的錯
還了魂．你只好既來之則安之；
你並不是天．能够把一切的事
按照了你心中的意思去安排。
好比．在前世．爲了自己的痛快．
你自殺了；至於家裏人的心境—
你的家裏有些什麽人？

男

有父親

女　同一個妹子。

　　——是呀．他們的痛苦，

　　你就像是扔了尸首那樣．不顧。

　　喜子想必是你的丫鬟了？

男　正是。

女　那麼．你並不是沒有衣穿．飯吃．．．

　　好生一個閨女——你愛看「紅樓夢？」

男　當然！你不愛看它麼？

　　情形不同——

女　現在不比從前了；從前我不單是愛看它．並且不穿衣．不吃飯．

　　整天睡在牀上的看它。林黛玉．

　　不用講．你最崇拜了？我在過去

　　也是一樣的．你倒用不着紅臉．

　　不好意思。你們這一班小姐！天

　　恐怕是一番好心腸．教你還魂

　　在一個男子的身體裏．並不問

　　你情願不情願。好像是我．久已

　　與迷信絕了緣的．不管我願意

　　不願意．天又拏了你放在面前．

　　一個我愛過的肉體．可是裏面

　　已經沒有我愛的靈魂了。

母　素心．

不要聽了湄波的這番話．吃驚到那樣。脾氣雖說是躁一點．她有的是一顆眞心，半點也不假。她同我們一起吃的苦．有的是．眞是數不完的；我只說一件事來給你聽……

女　已往的事不必再提。看來你是會畫畫的—

〔由牆上取來一個鏡框．〕

這張裸體你以爲怎樣?

〔打開鎖着的抽屜．取來一張沒有配鏡框的。〕

還有這張．乍一看．你的臉上怕要迸出小姐的汗．你的那雙小姐眼睛怕要連忙閉起來罷?果然!現在．你正好想一想．那兩張裸體是不是略爲有一點像我．雖說是有衣服堆砌在我的身上?

母　夠了．夠了!湄波。她老是這麼謊話人……當初笑我也笑得有的．在我初來到這裏．同你一起住的時候。剛才提起要說一件她的事給你聽……

女　陰司

你去過了．它是一個什麼樣子．你說給我們來聽聽看；當眞有十殿閻羅．奈河．等等，像小時候所聽見的在書裏所看到的那樣？譬如說罷．你是自殺的．在殿上判了你受什麼罪．受完了才送你回到陽間？

男　我先起來……

母　你肚中餓了罷？

男　有點。

女　現成的．牛奶．點心。

母　這四天裏面．她很少閉起眼睛．休息過。不是在家裏．就是出去張羅一切。剛才說的……

女　記着！不許再開口了……

母　這孩子！就是不喜歡聽人家說她的好處。你不要看她外面是這麼樣熱鬧．在心裏她才眞老成呢；她浪漫在口頭．不在嘴上。

男　她同我的表哥倒有……

陰司與我們所想的完全不同。

〔吃着點心牛奶。〕

並沒有牛頭．馬面．與其他各種醜惡的鬼差。他們是一些聲音．只聽得見．看不見的；他們引領魂魄去投生．趁死。有時．也變化作山水．鳥．獸．男．女．那只是謊話人的．安慰人的。

女　他們變作了誰來安慰過你？你的表哥．對不對？

母　人家說着正經話．你也開玩笑。再這樣．不單是素心．我也會惱。

女　一個人去過一趟陰司了．眼界．比起前世來．總該要寬闊一些。

男　閻羅有沒有．我並不知道．雖說我去過一趟陰司；可曾罰了我受什麼罪沒有．我也並不知道。也可以說是忘記了。奈河一到．鬼差就帶了我走進一個圓亭——過河去投生．便只有這條路徑——亭子是赤銅鑄的．有三根銅柱撐着；亭子裏一片乳白色的霧．鬼差說．是杜頂上有三個水口．

龍頭的，它們所噴出來的。我走
霧裏出了亭子，把陰司的一切
便都忘記了。那霧的味道有些
像蜜蒸的苦瓜，一半苦，一半甜，
又有些像糖融在藥汁的中間—

女　比起這盌牛奶來，你覺得如何？

男　—這霧，鬼差講，是守亭人從奈河
引來，噴下的。走過銅亭的底下，
明明是還有兩座圓亭子，銀瓦，
銀柱的與鐵瓦，鐵柱的，我同時
也看見了……我記錯了？……

母　人本來是
有三個魂的，所以講「三魂七魄。」

男　那就對了。這一對亭子差不多
與銅亭一樣，只是沒有霧；正中
是水池，圓形，石砌的；水裏扭動
有蝌蚪。看不見魚；龍蟠的石柱
頂上有三個龍頭，源源的傾注
白水—黑水。

女　偉大的夢在纖細裏
蘊藏；等將來，我看你提起畫筆
來畫出這個夢！這枝筆，你記着，
是一個藝神的兒子，眞摯，超脫。
專一，熱烈，嚴肅，他所留了下來

給後人的；他已經駛入了大海，
那片烟霧的海，在生命這河流
所傾注進去的一端；一聲說走，
他踏步便上了死之舟，去玄祕，
不容迴顧的遠方，與那國度裏
那許多爲了理想而鼓舞的人
去永久同住了。這些他所遺剩
下來的幻夢，那裏當得了生前
他所幻夢過的一半；它們裏面
也有的，我知道，要與草木同朽；
但是，在他的心目前曾經逗留，
煇耀過藝神，屢次的，這也是我
所知道的。這未竟之業，要閃躲
它的，除非是弱者！我們由古代
襲承了這人生，難道，傳入未來
手裏的時候，我們能够不增加
卽使是一點的金，一點的光華，
一點的向上心麼？

男

「湄姊！好一顆
雄壯的願心；言詞，是多麼燦爛！
儘有女子的魂魄，綫一樣的細，
針一樣的尖銳，在畫家的身體
裏面投生了；它織成天衣無縫
去獻與天帝——一個神祇的女紅！

女　我去了。

〔下〕。

母　你該信了，我說的不錯？

男　信了；雖說是猛一點……幾乎錯過。

民国首版学术经典丛书

留欧外史（第一辑上编）
清代学术概论
中国目录学史
理学纲要
中国殖民史
白话本国史（四册）
近代中国留学史
五十年来中国之文学、论文杂记
历史研究法与中国文字变迁考
苏曼殊年谱及其他
中国商业史
妙峰山
中国文字学史（上下）

民国首版文学经典丛书

新月诗选
火灾
我们的六月
红的天使
红雾
未完的忏悔录
生死场
云游、志摩的诗
徐志摩选集
休息、给予者
迷羊
第七连
弘一大师永怀录
石门集
飞絮
鲁迅杰作选
胡适留学日记（四册）